喚醒你的英文語感！

Get a Feel for English !

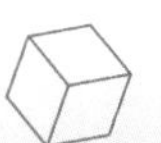 IELTS之所以拿不到高分，原因在於寫作/口說拉低平均 

IELTS高點

雅思制霸 7.0⁺說寫通

Speaking 口說教戰篇

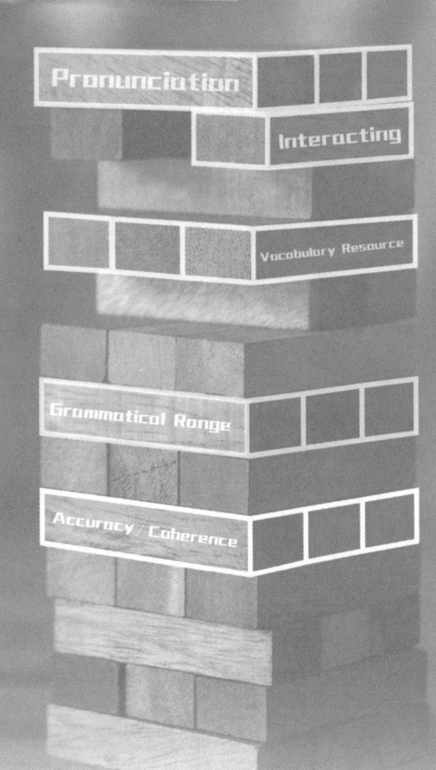

Score higher than 7.0

話題掌握力

語法精準性

建立流暢應答

發音清晰度

口說提問/應答範例MP3 英澳口音錄製

CONTENTS 目錄

PART 2
雅思口說第二部分 IELTS Speaking Part 2

PART 3
雅思口說第三部分 IELTS Speaking Part 3

雅思口說概論

About the IELTS Speaking Test

口說測驗的三個部分
The Three Parts of the Test

在準備 IELTS 口說測驗時，考生必須先了解測驗的三個不同部分，以及各部分所要求的不同類型互動。在後續單元中，對於不同類型的互動會進行更深入的學習，我在此則要先聚焦在測驗的三個不同部分上。

Task 研究此圖並詳閱下方的說明。

The Three Stages of the Speaking Test
口說測驗的三個階段

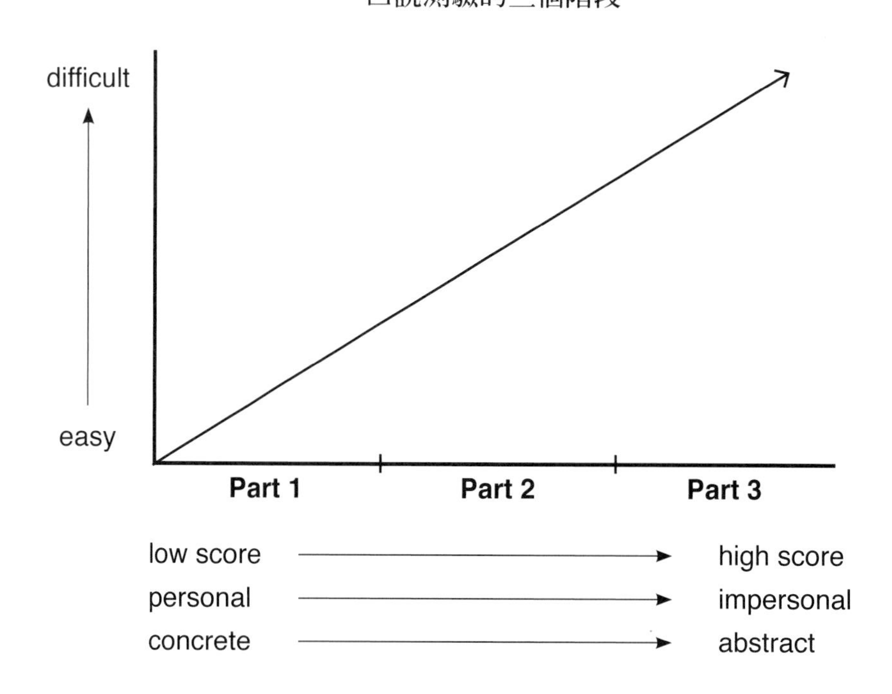

☆ 你可以看到，測驗是分成三個部分，且每個部分的困難度逐步提高。

☆ 你還可以看到，測驗是從 Part 1 談論個人、具體的話題，再進到 Part 3 的非個人、抽象話題。

☆ Part 1 是面談的形式。

☆ Part 2 是考生作簡短的個人陳述。

☆ Part 3 是雙向討論的形式。

☆ 在 Unit 1、Unit 4、Unit 7 中，對於這三種形式的互動將會有更具體的學習。

- ☆ 台灣的考生通常都聚焦於 Part 1，因爲這種面談的形式是大部分台灣學生感到最習慣、最自在的。不過，它也是得分最低的部分。
- ☆ 許多台灣的考生也會把重點放在 Part 2，因爲這是相當容易準備的部分，而且台灣學生從學英文的初期階段，對於閒話家常和自我表述就練習得不少。
- ☆ 想要在口說測驗中取得高分，其實你必須特別聚焦的應該是 Part 3，因爲這是最難的部分，而且對大部分的台灣考生來說更是如此，因爲台灣人不習慣用英語來討論與個人較不相關的抽象話題。

常見問題：了解測驗中要求的是什麼
Common Problems: Understanding What's Required

有很多台灣學生以爲，語法精確是口說測驗中最重要的事。這並不正確。在測驗當中，主考官會按四個標準來評分。爲了取得高分，你必須先了解這四個標準。

1. Fluency and Coherence 流利度和連貫性

這是指你能說得多流暢而不會遲疑和反覆；假如留意到有任何地方講錯，你是如何應對的；你是如何發展和組織對話題的想法，以及你是如何用適當用語來凸顯出這樣的組織性。它也意味著你是如何去理解主考官並與他進行互動。

爲了得到 6.5 以上的分數，你必須盡量減少遲疑和反覆；盡量減少講錯，這代表你需要對語言運用自如；你必須展現出自己對於說抽象的非個人話題感到自信與自在，並且能與主考官進行適切的互動。

2. Lexical Resource 語彙資源

這是指你如何運用字彙，包括慣用語在內；假如不知道適當的字彙，你能如何採用換種說法來把意思解釋清楚；它也是指你如何把單字結合成 word partnerships。

爲了得到 6.5 分或更高分，你必須把字彙用得精準而適切，包括慣用語、片語動詞和 word partnerships。你也必須展現出即使不知道正確的字彙，你還是能自信、自在和自然地表達自己。

3. Grammatical Range and Accuracy 語法廣度和精準度

這包含你是如何運用語法，以及你所用的語法類型。

爲了在此項標準中取得 6.5 分以上，你需要做好兩件事。首先，你必須證明自己能自在、自信和自然地運用某個廣度的不同語法結構，包括不同的動詞時態和不同種類的句子結構。其次，你必須以高精準度來運用這些不同的結構和時態。假使你只用了範圍有限的時態和結構，但確實使用得非常精確，依照這個標準，你仍然只會得到低分，因爲沒有廣度。另一方面，假使你用了很多不同的時態和結構，但有很多都講錯，你同樣只會得到低分，因爲沒有精準度。總之，你必須兼顧「廣度」和「精準度」。

4. Pronunciation 發音

這代表你說話的清晰度，使主考官有多容易就聽懂。它並不是指你用的是哪種口音。在 IELTS 測驗中，美式英語的口音就跟英國或澳洲口音一樣，都可被接受。

爲了在此標準中得到 6.5 分以上，你必須證明自己能正確地發出所有的英語發音，包括母音與子音、子音串、停頓和語調。你不需要有完美的英式英語口音，但發音不能被母語影響到會使它變得難以聽懂的程度。

所以你可以看到，語法並不是你需要加以聚焦的最重要部分。在後續單元中，我會教你該如何迎合這四個不同的評分標準。

常見問題：語言
Common Problems: Language

在本書「寫作強化篇」中有介紹過 leximodel，這些概念在增進口說能力時一樣受用。若你需要再次閱讀以釐清相關觀念，可參閱「寫作強化篇」P.11 ～ P.17。

以下彙整幾個在學習過 leximodel 之後，你可能會產生的疑惑以及我的解答。希望透過說明，可以幫助你在學習本書內容時，更加得心應手。

問 本書是如何運用 leximodel？

答 這本書會呈現出語言裡所有最常出現的固定部分（chunks、set-phrases 和 word partnerships，但主要是 set-phrases 和 chunks），也將告訴你如何學習它們，並在 IELTS 口說測驗的各個部分裡使用它們。

問 你會如何協助我？

答 我在本書各單元中設計了許多練習題，幫助你學習正確地運用 set-phrase 和 chunk。你會做到的練習像是：按照意思來將 set-phrases 分組。這些練習是爲了幫助你運用思維能力學習並記住新的語言。我會給你正確的答案和詳盡的解說。另外，我會帶你看大量的口說測驗範例，並以其中所用的正確用語來爲各位作舉例。也會告訴你，在台灣教學的這些年來，我看到人們最常犯的口說錯誤，並且分析到底錯在哪裡。當然，你也必須練習我所要教你的正確發音，所以請善用本書所附的 MP3。

問 我該做些什麼？

答 你應該要確保自己徹底完成每一個單元。這些單元都經過精心設計，目的是幫助你按部就班的學習，所以你不應該跳過任何單元、任何練習，或是在還沒完成練習前就直接看答案。請務必從頭到尾徹底學習所有單元，並利用每個單元最後的清單幫你追蹤自己的學習狀況。另外，建議你用手機把自己練習的過程錄下來。在聆聽自己練習的錄音時，則要使用書末的「自我校正核對清單」。

問 我要花多久時間才能進步？

答 每個單元都是設計成要花三個小時左右來完成。你應該爲每個單元保留這麼多的學習時間，在學習時才不會被中斷或干擾。另外，你還必須花一些時間來練習書中所學到的用語之正確發音。

問 我如何得到回饋？

答 你可能會認爲，除非有人給你回饋，否則練習口語表達的幫助不大。在某個程度上來說，這樣想是對的。但是，依我實際的經驗看來，就算你沒有機會得到別人的回饋，盡可能多練習依然是提升口語力的關鍵所在。你在本書學到的用語和思考方式，會幫助你的大腦記憶它們。

問 你有其他祕訣可以教我嗎？

答 再重申一次。多閱讀。所有研究都清楚顯示，不管參加什麼考試，英文閱讀量較大的學生，分數都比較高，所以每天盡量多讀英文。此外，字彙量不足是妨礙你們在 IELTS 四個領域裡得到高分的一個大問題。大量閱讀可以讓你讀到更多字彙，並幫助你學會它們。

所以準備好要開始了嗎？

NOTES

雅思口說第一部分
IELTS Speaking
PART 1

Unit 1

第一部分介紹
Introduction to Part 1

在本單元裡，你對於測驗的第一部分會有更詳細的了解。你將學到這個部分的測驗重點，以及必須怎麼做才能取得高分。你還可透過聆聽一些口說測驗的例子來熟悉實際測驗的形式。

任務描述 Task Description

閱讀第一部分的任務描述和下方的說明。

> ## Speaking Part 1
>
> **In part 1 of the speaking test the examiner introduces him or herself and asks general questions on familiar topics.**
>
> The examiner asks you to confirm your identity.
>
> He or she then asks general questions on familiar topics such as home, family, work, studies and interests. Part 1 of the test lasts 4 to 5 minutes.

中譯・說明

Speaking Part 1

在口說測驗的第一部分，測驗的主考官會自我介紹，並就熟悉的話題來進行一般性的提問。

主考官會請你確認身分。

然後他（她）會就熟悉的話題來進行一般性的提問，像是住家、家人、工作、學業和興趣。測驗的第一部分會進行 4 到 5 分鐘。

- ☆ 測驗的這個部分是在聊你和你的生活。
- ☆ 你除了需要進行自我介紹，也必須知道當別人自我介紹時，你該如何回應。
- ☆ 你必須能夠就自己的生活來談論非常簡單的相關話題：你的家人、住家、所居住的街坊、嗜好和興趣。
- ☆ 假如第一次沒聽清楚或沒聽懂問題，你可以請主考官把提問再重複一遍。
- ☆ 你不能請主考官解釋提問，或是解釋提問中的特定單字。

成功標準 Criteria for Success

我在本書的「概論」中有說明過，口說測驗的第一部分是最容易的階段，你也應該已經了解，在整個測驗中必須聚焦在四個評分標準：

1. 流利度和連貫性 (Fluency and Coherence)
2. 語彙資源 (Lexical Resource)
3. 語法廣度和精確度 (Grammatical Range and Accuracy)
4. 發音 (Pronunciation)

除了這四項標準，你還需要證明自己了解並能運用不同形式的互動。我們現在就更詳細地來看看這幾點。

IELTS 是在測驗你能否應付兩種不同形式的互動，我們稱之為短交替談話 (short turn talk) 和長交替談話 (long turn talk)。這是相當不同的互動形式，而要在測驗中表現良好，就必須徹底了解其中的差異。

1. **「短交替談話」**指的是說話者各說一段短時間，而且每次說的時間（每個 turn）都相當短。這類談話的挑戰在於，必須在沒有任何不自在的靜默下保持互動的流動與會話的進行。短交替談話有兩種：不平衡式 (unbalanced) 與平衡式 (balanced)。

   - 不平衡式短交替談話 (unbalanced short turn talk) 指的是會話由一個人帶頭，另一個人跟隨。這種互動方式多用於面談中，由面談者提問，受訪者只是回答。這是你必須在測驗的第一部分裡證明自己能應付的談話類型。
   - 平衡式短交替談話 (balanced short turn talk) 指的是兩人都要帶頭，帶領會話的工作是由兩位說話者平均分擔。這種互動多使用於聊天和閒話家常之類的社交會話中，以及討論有話題性的議題時。會話內容是由兩位說話者平均貢獻，看法與資訊也是平均交流。這是你必須在測驗的第三部分裡證明自己能應付的談話類型。

2. **「長交替談話」**指的是由一位說話者進行一段長時間的陳述，另一個人只是聽。這種互動多用於談話、講課、演講中。這種談話的挑戰在於，必須把想法組織得具邏輯性和連貫性，並在要進入新的論點時，以信號來幫助聽者理解你的想法。這是你必須在測驗的第二部分裡證明自己能應付的談話類型。

在第一部分的測驗重點是，你如何在主考官帶領之下，順暢地進行不平衡式短交替談話。

請看此圖來總結你到目前爲止所學到的重點。

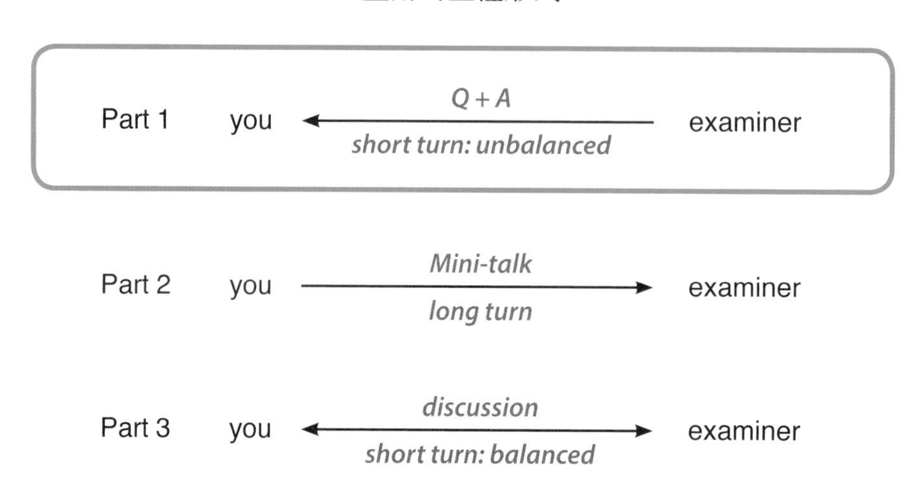

最後，我們來聽一些實際的測驗範例。

請仔細聆聽兩段完整的口說測驗範例。在聽取時，試著從測驗的三個部分去聽出不平衡式短交替談話、長交替談話和平衡式短交替談話的差異。

在你結束這個單元前，請將下列清單看過，確定你能將所有要點都勾選起來。假如有一些要點是你還不清楚的，請回頭再次研讀本單元的相關部分。

- ☐ 我已經了解在測驗時所需要進行的三種互動形式。
- ☐ 我已經了解「短交替談話」和「長交替談話」的差異。
- ☐ 我已經了解「不平衡式短交替談話」和「平衡式短交替談話」的差異。
- ☐ 我已經學到了在口說測驗第一部分需要用到「不平衡式短交替談話」。
- ☐ 我已經聽了兩個範例測驗，並能從例子中聽出三種形式互動的差異。

Unit 2

第一部分的常見話題與提問

Common Topics and Questions for Part 1

在本單元裡，我們要來看看在 Part 1 中經常出現的話題與提問。這些話題全都是關於個人生活，請務必跟著指示，確實進行答題練習。

常見話題 Common Topics

在測驗的第一部分，你很可能會被問到的話題通常都非常簡單，而且多是涉及個人生活與概況。我們來看一些例子。

話題 1 Introduction 介紹

主考官在此會核對你的個人詳細信息，像是姓名、准考證號碼等等。他們或許會想要談論你的英文名字，以及你是如何取名，這名字對你又有什麼特殊意涵。

話題 2 Family and home life 家人和住家生活

對於你的家人和你住的地方，主考官或許會想要知道更多的詳情。

話題 3 Studies or work 學業或工作

主考官或許會詢問你的學業，如果你不是學生的話就可能會詢問你的工作。

話題 4 Hobbies and free time 嗜好和閒暇時間

這是很常見的話題，但對台灣人來說，它經常不是那麼被重視。因此，如果你沒有特別的嗜好，可以去培養或是可以用捏造的方式「想」一個出來。

話題 5 Future plans 未來計畫

主考官或許會想要知道你對未來有什麼想法、你有什麼計畫。

Task 1 Track 2.1

聆聽錄音內容中的兩個範例題目。試著辨別出他們在談論什麼話題。

解答・說明

☆ 在第一段會話中，他們在介紹之後談到了學業和工作（話題 3），然後討論了應試者的嗜好（話題 4）。

☆ 在第二段會話中，介紹很長，他們談到了應試者的英文名字，然後談到了應試者的家人和住家生活（話題 2）。

接下來，我們來看這些話題的一些提問實例。

常見提問 Common Questions

Task 2

請將下方的提問按照前述的五種話題來歸類，並在提問旁寫上話題編號。

話題分類	提問
5	Are you planning to move abroad?
	Can I see your ID card please?
	Could you tell me your full name please?
	Do you have a career plan?
	Do you have a hobby?
	Do you have any brothers and sisters?
	Do you have any life goals that you want to achieve?
	Do you see yourself staying in Taiwan?
	Does your Chinese name mean anything?
	Tell me about your hometown.
	What are the downsides of your hobby?
	What are you studying?
	What do you like about your hobby?
	What do you like to do in your free time?
	What do you want to be doing five years from now?
	What do you want to be doing ten years from now?
	What do your parents do?
	What kind of job do you do?
	What kind of neighborhood do you live in?
	What shall I call you?
	What's your study plan?
	Where do your family live?
	Why are you interested in this?
	Why did you choose to study this?
	Why did you chose this English name?

中譯・解答・說明

【Introduction 介紹】

- Could you tell me your full name please? 可以麻煩你把全名告訴我嗎？
- What shall I call you? 我要怎麼稱呼你？
- Can I see your ID card please? 可以麻煩看一下你的准考證嗎？
- Why did you chose this English name? 你為什麼會選這個英文名字？
- Does your Chinese name mean anything? 你的中文名字有什麼意涵嗎？

☆ 務必確認你有攜帶准考證。

☆ 確定主考官有你的正確姓名。

☆ 準備好說明你是如何取英文名字，並想好要如何解釋你的中文名字。假如你的中文名字很難解釋，那就編一套說詞。它不必是眞話，但必須以流利的英語來表達！

【Family and home life 家人和住家生活】

- Where do your family live? 你的家人住在哪裡？
- What do your parents do? 你的父母是從事哪一行？
- Tell me about your hometown. 跟我聊聊你的家鄉。
- What kind of neighborhood do you live in? 你住在什麼樣的地區？
- Do you have any brothers and sisters? 你有任何兄弟姊妹嗎？

☆ 準備好說明你的父母是從事什麼工作，以及一家人是住在哪裡。

☆ 要注意的是，neighborhood 是指你所居住的地區。它並不是指住在同一棟大樓或你家隔壁的人，neighbors 才是。

☆ 準備好談論你的兄弟姊妹目前是在做什麼。要詳細一點。

【Studies or work 學業或工作】

- Do you have a career plan? 你有生涯規畫嗎？
- What's your study plan? 你的學業計畫是什麼？
- What are you studying? 你學的是什麼？
- Why did you choose to study this? 你為什麼會選擇學這個？
- What kind of job do you do? 你做的是哪種工作？

☆ 準備好稍微詳細地來談論你的學業。

☆ 假如你沒有學業計畫，那就擬一份出來。

☆ 假如你沒有生涯規畫，那就想一套。再說一遍，它不必是眞話，但必須能順暢地表達出來！

【Hobbies and free time 嗜好和閒暇時間】

- Do you have a hobby? 你有嗜好嗎？
- What do you like about your hobby? 對於本身的嗜好，你喜歡的是哪方面？
- Why are you interested in this? 你為什麼會對這個感興趣？
- What are the downsides of your hobby? 你的嗜好有什麼壞處？
- What do you like to do in your free time? 你在閒暇時間喜歡做什麼？

☆ 有時候當我問學生有沒有嗜好時，他們會說 Sleeping。請注意，睡覺不是嗜好，而是生理機能！假如你沒有嗜好，那就找一個，或是編個有說服力的謊話。

☆ 準備好詳細地來談論你的嗜好和興趣。

【Future plans 未來計畫】

- What do you want to be doing ten years from now? 你在往後的十年想要做什麼？
- What do you want to be doing five years from now? 你在往後的五年想要做什麼？
- Do you see yourself staying in Taiwan? 你自認會留在台灣嗎？
- Are you planning to move abroad? 你有打算移居海外嗎？
- Do you have any life goals that you want to achieve? 你有任何想要達成的人生目標嗎？

☆ 假如你以前從沒想過這些事，試著去想出一些內容來說，並確定你是用正確的時態來談論這些事。

在測驗一開始，你當然會非常緊張。而這些提問和這部分的面談正是設計來幫助你放鬆，所以提問多半是關於你和你的生活，當然回答也相對容易。不過，你有可能會因爲緊張而聽錯或誤解提問。爲了幫助你避免犯這方面的錯誤，我們來練習聽一些提問並加以回答。

Task 3 Track 2.2

聆聽錄音中的提問內容，在聽到「嗶」聲時即暫停並回答提問。可用手機將自己的回答錄起來。

說明

☆ 記得運用本書「附錄 1」所提供的「自我校正核對清單」來改進你的回答。在這個 Task 中，你所聽取的是已研讀過的提問。而在下一個 Task，則要用之前沒見過的提問來進行練習。

Task 4 Track 2.3

聆聽錄音中的提問內容，在聽到「嗶」聲時即暫停並回答提問。可用手機將自己的回答錄起來。

說明

☆ 如果你對其中一些提問不太確定，可以看附錄 3 的「錄音內容文本」，但我強烈建議只要練習聽就好，盡量不要閱讀提問，除非你真的是卡住了。

這些練習題的目的是要幫助你改善聽力。在下一個單元裡，你會開始學到一些擴充回答的方法，以及要怎麼準備這幾類提問的字彙。

在你結束這個單元前，請將下列清單看過，確定你能將所有要點都勾選起來。假如有一些要點是你還不清楚的，請回頭再次研讀本單元的相關部分。

- ☐ 我已經學到了在測驗的第一部分中最常見的一些話題。
- ☐ 我看到了在測驗的第一部分中最常見和最可能遇到的一些提問。
- ☐ 我已經練習聽取並充分了解在測驗的第一部分中常見的提問。
- ☐ 我已經聽取範例題並針對提問做了答題練習。

Unit 3

擴充回答
Expanding Your Answers

在本單元中將學習針對 Part 1 的提問來擴充你的回答。非常重要的是，你不但要避免只給出一個字的回應，還要盡可能把回答發展完備。在這裡你會學到一些可用於此部分的用語，練習這些用語的發音，以讓回答內容更長、更豐富。此外，你也將學會如何針對我們在上個單元中所看到的話題來準備相關字彙。

擴充回答 Expanding Your Answers

在口說測驗的第一部分有一個常發生的問題，那就是應試者很容易因爲緊張而給出非常簡短的回答，在最糟的情況下，甚至是只有一個字的回答。這會使得主考官非常難評斷你的程度，因爲主考官沒有足夠的資訊來對你的能力作出正確評估。所以在應考時非常重要的是，別讓緊張打敗你，要盡可能把回答發展完備。另外，既不要回答得太冗長，也不要惜字如金！必須知道什麼時候該停止談話。

我們來聽一些例子。

Task 1 Track 3.1

聆聽錄音中的兩段會話。你認為哪一段比較好，為什麼？

解答・說明

☆ 希望各位能聽出第二段會話要好得多，因爲應試者答得長、資訊又多。我們甚至可以說，她相當健談！這點非常好。主考官有很大的語言樣本可以來作爲評斷依據。

接下來，我們要看一些可用來擴充回答的用語。

Task 2 Track 3.2

請閱讀表格中彙整的 chunks、set-phrases、例句，以及下方的說明。你也可以聽取例句的錄音以練習正確發音。

expanding your answer	
☐ In fact, … 事實上	☐ … is easily the most/best … 確實是最／最好的
☐ … though. 卻是	☐ I'm really … 我十分
☐ Well, … 這個、唔	☐ But … 但
☐ I think v.p. 我認為 v.p.	☐ Sometimes … 有時
☐ Usually,… 通常	
☐ … is by far the most/best … 肯定是最／最好的	

☐ Generally, … 大致上
☐ Obviously, … 顯然
☐ Originally … 原本
☐ I guess because … 我猜是因為
☐ Most of the time … 在大部分的時候
☐ On the whole, … 總的來說
☐ Actually, … 實際上
☐ Interestingly enough, … 挺有意思的是
☐ Surprisingly enough, … 挺出人意表的是
☐ … which is/are … 這就是
☐ … considering … 要是考慮到

sample sentences

- I live in Banqiao. 我住在板橋。
- Actually, I live in Banqiao, which is a suburb of Taipei.
  實際上，我住在板橋，它是台北的郊區。

- I'm interested in medicine. 我對醫學有興趣。
- I'm really interested in medicine, I guess because both my parents are doctors.
  我對醫學十分有興趣，我想是因為我爸媽都是醫生。

- My neighborhood is very quiet. 我住的地區非常安靜。
- On the whole my neighborhood is pretty quiet, considering it's so densely populated.
  總的來說，我住的地區相當安靜，要是考慮到它的人口這麼稠密。

- I like to go youbiking. 我喜歡騎微笑單車。
- On the whole, in my free time I like to go youbiking, only when the weather is good though. Actually, during the winter I can't do that very often.
  總的來說，我在閒暇時間喜歡騎微笑單車，不過只有在天氣好的時候。實際上，到了冬天，我就不能很常這麼做了。

☆ 你可以看到，這些擴充回答的語言大部分都是用在句子的開頭。
☆ 以 Actually 和 Well 來起頭還不錯。它們會使回答聽起來比較自然。
☆ 你可以用 I guess because 來爲剛才所說內容的原因增添更多資訊。
☆ 可以用 considering 來爲你剛才所說的內容增添一些對比性的資訊，或是強調某事出乎意料。
☆ 假如想要增添一些對比性的資訊，你可以在句末使用 though。這會使你的英語聽起來非常自然。
☆ on the whole 意指 generally。

接下來，我們將做一些發音的練習。

發音 Pronunciation

在口說測驗中，有一個方法可以幫你把測驗的分數拉高，那就是發音流利又清晰。正如先前提到的，主考官不會對你的口音進行評斷——亦即你的口音是英式英語或美式英語並不重要，重要的是你整體的發音有多清楚。換句話說，評斷的重點是母語人士有多容易聽懂你的英語。假如你能以不錯的語調說得很流利，這將有助於使你整體的可理解度更加清晰。

流利的發音是由兩方面所構成：連音 (connected speech) 和語調 (intonation)。我們先從連音講起。連音的基本原則是：

there is no gap, no small silence, between two words.
兩個字之間沒有間斷、沒有些微靜默。

這是指單字常會互相交疊，使某單字的尾音和下一個單字的頭音發音相連。這是把話說快時的自然現象。(順帶一提，這就是爲什麼很多人會覺得難以聽懂母語人士的話，因爲當單字以這種方式搭在一起時，常會使兩個分開的單字聽起來就像是一個較長的新單字。)

我們來看這個例子：

I'm *m* interested *d* in deep sea diving.
(I'm → interested: no gap; interested → in: no gap; in → deep: no gap; deep → sea: no gap; sea → diving: no gap)

I'm 的尾音是子音 /m/，下一個字 interested 的頭音則是母音 /ɪ/。於是尾子音就跟下一個字的頭母音相連，其他的字也相連在一起，而使單字之間沒有間斷。

Task 3 Track 3.3

仔細聆聽錄音內容，看看兩句話有何差異，並留意在第二句話中，單字是如何相連在一起。

我們現在來看語調 (intonation)。語調可描述爲在你說話的語音上揚與下沉間所形成的樂曲。英語的語調形態非常簡單：大致來說，除了 yes/no 問句在句尾語音應該上揚，一般說話時的語音在句尾都應該要下沉。當然，你也可以用語調來凸顯句子裡的關鍵單字或片語。在口說測驗中，你應該試著用寬廣的語調，這樣會讓人感覺你對談話充滿興趣與自信。在台灣有許多人說英語時會有個大問題，就是很常使用扁平的語調，而這樣的語調代表你感到乏味，沒有興趣把會話延續下去。所以，在面談時記得要用合宜的寬廣語調，好讓自己聽起來友善。

Task 4 Track 3.3

請再次聆聽 Track 3.3，看看兩句話有何差異，並留意在第二句話中，說話是如何用寬廣的語調來表達。

接著，我們用 Task 2 中彙整的擴充用語來練習發音。

Task 5 Track 3.4

請跟著錄音內容來練習發音並聚焦在你的連音和語調上。

☆ 你或許會發現，跟著錄音內容複誦一遍有點奇怪。但我向你保證，練習得愈多，發音就會愈好。在本書的其餘單元中，有很多時候需要以這種方式來練習新的用語，這也有助於你記憶新的字彙，所以千萬不要跳過這個部分的練習。

Task 6 Track 3.5

現在請重聽一次在本單元剛開始時聽過的一段會話，並參考 Task 2 的擴充用語，把你在會話中聽到的用語打勾。

☆ 留意這段會話是如何運用 Task 2 的用語來擴充回答。
☆ 事實上，這些用語只有一個沒出現，其餘的在會話中都用上了，有些還不只用一次。
☆ 各位可以對照「附錄 3」的「錄音文本」，以核對會話中使用到的用語有哪些。

好了，現在我們就試著用其中一些新學到的用語來回答提問。

Task 7 Track 3.6

請聆聽錄音內容並練習口說測驗 Part 1。聽取提問，在聽到「嗶」的信號聲時就先暫停播放，然後練習用已學到的用語和發音來回答提問。建議錄下自己的聲音，並用附錄的「自我校正核對清單」來幫助你改善答題狀況。

準備字彙集 Preparing Vocabulary

在 Task 1 的第二段會話中，你或許有留意到，應試者不知道某樣東西的正確說法。由此可看出，應試者並未做好充分的準備，因為她應該要知道所有與她個人生活有關的語彙。將所有在談論自身的概況或家人的概況時需要用到的字彙或用語準備好是非常重要的。

我現在就來說明該如何建立屬於自己的字彙集。我會帶你一步步走過我教學生所採用的程序，而且做過的學生都覺得非常受用。首先請準備一本小筆記本。

Building Your Vocabulary Procedure

Step 1 聽取 MP3 裡有關口說測驗第一部分的提問話題。
Step 2 開始用英語來談論各話題。
Step 3 要是遇到你知道中文是什麼，卻不知道該怎麼用英語表達的單字，就在小筆記本裡用中文把它寫下來，使它在頁面的左邊變成一欄。
Step 4 持續談論並用中文把不知道要怎麼用英語表達的事物寫下來。
Step 5 頁面寫滿時，用雙語字典來翻譯左邊欄位裡的單字。在頁面的右邊把翻譯寫下來。
Step 6 用英文字典來查看單字的翻譯、檢視要如何把單字用在例句裡並練習正確的發音。
Step 7 把新的單字學起來，並在下次練習回答提問時，試著把這些語彙都用上。

若能隨身攜帶筆記本，養成把不會用英語表達的事物寫下來並利用字典翻譯和研讀新字彙的習慣，那你很快就會發現，自己所擴充的字彙量將會相當可觀。

在你結束這個單元前，請將下列清單看過，確定你能將所有要點都勾選起來。假如有一些要點是你還不清楚的，請回頭再次研讀本單元的相關部分。

□ 我已經了解擴充回答內容、避免給出短回答或一個字的回答是非常重要的。
□ 我學會了一些可用來擴充回答的用語。
□ 對於要如何運用這些新學會的用語，我已經看了也聽了許多例子。
□ 我已經練習用新學會的用語來造出比較長的句子。
□ 我學到了改善發音的兩項原則：連音和語調。
□ 我練習了用語的發音。
□ 我已練習聽取提問並使用擴充用語來應答。

雅思口說第二部分
IELTS Speaking
PART 2

Unit 4

第二部分介紹
Introduction to Part 2

現在我們要進到口說測驗的第二部分。在本單元裡，你將學到這個部分的測驗重點，以及必須怎麼做才能取得高分。

任務描述 Task Description

Task 1

閱讀第二部分的任務描述和下方的說明。

Speaking Part 2

In part 2 the examiner gives you a task card on a particular topic. The card includes key points that you should talk about.

The examiner gives you 1 minute to prepare a short talk about the topic on the task card. He also gives you pencil and paper so that you can make notes.

You have to talk for 2 minutes, and then the examiner asks you one or two questions on the same topic. Part 2 of the test lasts 3 to 4 minutes

中譯・說明

Speaking Part 2

在口說測驗的第二部分，主考官會給你某個話題的答題任務卡，裡面包含了你應該要談論的關鍵重點。

主考官會給你 1 分鐘的時間來針對任務卡上的話題準備一段短談話。他也會提供紙和筆，讓你能做筆記。

你必須進行 2 分鐘的陳述，然後主考官根據同樣的話題，問你一、兩個問題。測驗的第二部分會進行 3 到 4 分鐘。

☆ 測驗的第二部分也是在聊你的生活或經驗，但你需要提出更多細節，而且你可能還必須從這樣的個人經驗中提出一些概括的結論。

☆ 你必須證明自己能夠進行較長時間的陳述而不會遲疑和間斷。

☆ 你必須證明自己能夠以有邏輯的方式來組織想法，並在陳述時把這樣的組織清楚呈現出來。

☆ 你不能請主考官解釋字彙，也不能請主考官更換題卡並給你新的話題。

☆ 主考官會告訴你何時開始和何時停止。

成功標準 Criteria for Success

在本書 Unit 1 裡已經學過在口說測驗中需要用到的三種互動形式：

1. 不平衡式短交替談話 (unbalanced short turn talk)
2. 長交替談話 (long turn talk)
3. 平衡式短交替談話 (balanced short turn talk)

爲了幫助你回想，請看下圖。

Three patterns of interaction
互動的三種形式

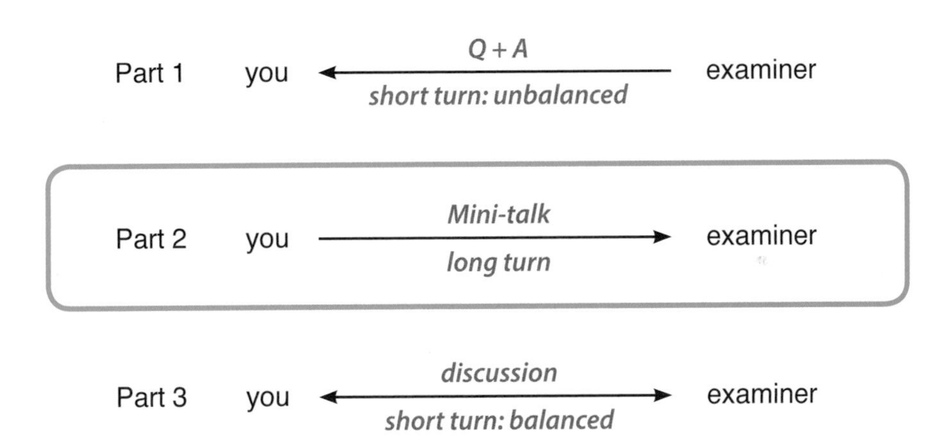

第二部分檢測的重點是考生就一個特定的話題進行長交替談話 (long turn talk) 的能力。還記得在前幾個單元學過的 IELTS 口說測驗四項成功標準嗎？

1. 流利度和連貫性 (Fluency and Coherence)
2. 語彙資源 (Lexical Resource)
3. 語法廣度和精確度 (Grammatical Range and Accuracy)
4. 發音 (Pronunciation)

這四項標準在測驗的各個階段都很重要。不過在第二部分裡，除了這四項，還有一項標準需要特別強調：

5. 組織 (Organization)

資訊以英語來組織的方式和以中文來組織的方式迥然不同。主要的差別在於英語很注重概括資訊 (general) 和特定資訊 (specific) 的差異。這在英語中一向非常清楚，為了幫助你了解我指的是什麼，我們來做一個練習。

Task 2

請把以下幾組單字加以組織。

pants 褲子	clothes 衣服	skirt 裙子	shirt 襯衫	jacket 外套	socks 襪子
knife 刀子	fork 叉子	spoon 湯匙	cutlery 餐具	chopstick 筷子	teaspoon 茶匙
bag 袋子	suitcase 手提箱	backpack 遠足背包	luggage 行李	briefcase 公事包	knapsack 背包

解答・說明

☆ 希望你有看出來，把單字加以組織的最佳方式是這樣：
clothes 是概括觀念，pants、skirt、shirt、jacket、socks 是特定例子；
cutlery 是概括觀念，knife、fork、spoon、chopstick、teaspoon 是特定例子；
luggage 是概括觀念，bag、suitcase、backpack、briefcase 是特定例子。

☆ 另一種做法是：
bag、suitcase、backpack、briefcase 和 knapsack 是 luggage 的類型；
pants、skirt、shirt、jacket 和 socks 是 clothes 的類型；
knife、fork、spoon、chopstick 和 teaspoon 是 cutlery 的類型。

☆ 重要的事在於，要看出這些單字的概括－特定 (general – specific) 關係：clothes、cutlery 和 luggage 是概括資訊，其他單字則是這些概括資訊的特定例子。

主考官所給的題卡上會包含一個話題和你需要在個人陳述中提及的要點。有效地使用答題卡上的提示可以幫助你思考需講述的話題、並妥善地組織內容。很重要的是，你必須充分展現出自己能用英語來組織資訊，這樣才容易取得高分。關於要怎麼分析題卡並準備應答，我們在下個單元將會做更多的學習。你也可以參考本書「寫作強化篇」的 Unit 9，裡面會有更多關於這種組織想法的資訊。

在你結束這個單元前，請將下列清單看過，確定你能將所有要點都勾選起來。假如有一些要點是你還不清楚的，請回頭再次研讀本單元的相關部分。

- □ 我已經了解在測驗第二部分需要使用長交替談話。
- □ 我已經了解在第二部分需要談論我的經驗或意見，或許也需要從中提出一些概括的結論。
- □ 我已經學到了用英語來組織資訊的基本方式。
- □ 我已經了解特定資訊和概括資訊的差別與關係。

PART 2

NOTES

Unit 5

準備談話

Preparing Your Talk

在本單元裡將要學習分析題目卡，以及準備應答的方法。你將進行分析題卡及組織資訊的練習，並且聆聽許多第二部分的測驗範例。

分析題卡 Analyzing the Card

我們首先來看一些題目卡的例子並且加以分析。

請看下方的題卡，並思考你在談論這個話題時可能會遇到什麼問題。

?

Describe a special occasion when you had a really enjoyable meal.
You should say:
- What the occasion was
- Who was at the meal
- What you ate
- Explain why the meal was so enjoyable.

中譯・說明

描述你在特殊的場合裡所吃過十分愉快的一頓飯。
你應該說出：
- 是什麼場合
- 用餐的有誰
- 你吃了什麼
- 解釋爲什麼那一餐吃得那麼愉快。

顯然我不會知道你認爲自己在論述時會遇到什麼特定的問題，但在過去的測驗中，我留意到考生和學生會有以下的一些常見問題。

問題一：字彙

☆ 理解概括話題：或許會有一些困難的字彙，像是 occasion、event、situation、circumstance。

☆ 理解細節：此處的一大問題同樣在於，你所知道的字彙或許不足以理解和談論細節。

問題二：語法

☆ 動詞時態：在決定要用什麼動詞時態時，你或許會遇到問題。在口說測驗中改變所使用的時態對台灣雅思考生而言是一大問題。提問通常會設計成要你用不同的時間來談：過去、現在或未來。在測驗第二部分，你所需要用到的時態中，最常出現的是過去簡單式。你必須確保自己使用了正確的動詞時態。

☆ 句子的主詞：話題或許不是在聊你。它或許是在聊你生活中的其他人或一般事物。不要認定你每句話都該以 I 來開頭。

問題三：組織

☆ 你或許會不確定要怎麼組織想法。有很多人純粹是依照想法在腦海裡浮現的順序來把這些想法說出口。這是考生們在第二部分得到低分的常見原因。

我們將分析題卡時需注意的要點整理成一個清單，請確實了解並且練習使用它。

分析題卡核對清單

1. 確保自己理解了概括話題。
2. 確保自己理解了佐證細節。
3. 想想你需要使用什麼動詞時態。
4. 想想你需要使用什麼主詞。
5. 試著想出其他可以增添的佐證細節，而且要跟概括話題相關。
6. 在做筆記時不要寫完整的句子。
7. 把筆記重點放在 word partnerships 上。
8. 假如沒有與該話題相關的經驗，那就捏造、虛構、運用想像力。

Task 2

請使用「核對清單」來分析 Task 1 的題卡。

解答・說明

☆ 概括話題必須談論兩件事：一頓飯和一個特殊的場合。假如你只談吃了美味的一餐，分數就會偏低。假如你談了特殊的場合，但它並不是一頓飯，那也會拿到低分。你必須談論在一個特殊場合裡的用餐：慶生、婚禮、同學會，諸如此類。

☆ 在佐證細節上，你需要談到場合：提出你為什麼會吃那頓飯的細節，描述在場的人，描述他們跟你的關係。你還需要談到所吃的食物。在談食物時，不要談到非常台式而且沒有眞正英文名稱的菜色。談論的事物一定要容易談論，而且你也有足夠的適當字彙來形容。

☆ 查看題卡上的動詞時態時，你可以看到是過去簡單式。你需要使用過去簡單式的動詞時態，因爲你是談在生活中所發生過的事。

☆ 你必須用 I、we、they 來描述人，以及用 it 來描述食物和場合。

☆ 你也可以談食物的花費；可以談談場地，它是什麼樣的餐廳；可以談論某人在用餐尾聲爲該場合畫龍點睛的發言；你也可以談自己的感受，這些全都是相關的細節。不要談論你穿了什麼，或者你是怎麼前往餐廳。這些並不相關。

現在我們來練習分析題卡並準備回答。

準備回答 Preparing Your Answer

Task 3

根據前述的核對清單來分析以下各題卡，並想想可以怎樣來組織回答。

【題卡 1】

?

Describe a memorable journey you have made.

You should say:

- Why you were making the journey
- Where you were going
- How you were traveling
- Explain what made the journey so memorable.

【題卡 2】

?

Describe a newspaper or a magazine you enjoy reading.

You should say:

- What kind of a newspaper or magazine it is
- How often you buy it
- What articles and information it contains
- Explain why you enjoy reading it.

【題卡 3】

?

Describe a person in your family who you most admire.

You should say:

- What their relationship is to you
- What they have done in their life
- What they do now
- Explain why you admire them so much.

中譯・說明

【題卡 1】

描述一個難忘的旅程。

你應該說出：

• 你爲什麼會踏上這個旅程
• 你是要去哪裡
• 你是怎麼旅行的
• 解釋是什麼讓旅程如此難忘。

☆ 概括話題是在談一個旅程。最好是談你有過的旅行經驗，而不是搭公車上學的路程。爲什麼？因爲若是描述去別國的旅程，你會有比較多東西可談。注意，你必須聚焦在旅程本身，而不是整趟行程。

☆ 在佐證細節上，你需要談到目的地，但記得焦點要放在這趟旅程而不是目的地上。你必須知道交通工具的說法，確保你談論的事物是容易談論的，而且你也有足夠的適當字彙來加以形容。

☆ 動詞時態方面你必須使用過去簡單式，因爲你是談在生活中所發生過的事。

☆ 你必須用 I 來描述旅程，並用 he、she 或 they 談論在旅程中遇到或一同旅行的人。

☆ 假如敘述中可以提到多種類型的交通工具，那會是個好主意：搭巴士去機場、飛行本身、搭公車或計程車去飯店等等。你能使用的詞彙愈多愈好。若能爲旅程提出一些動機，而不僅僅是去度假，那就更好了。

【題卡 2】

描述你喜歡閱讀的報紙或雜誌。

你應該說出：

• 它是什麼樣的報紙或雜誌
• 你有多常買它
• 它有包含什麼報導和資訊
• 解釋你爲什麼喜歡閱讀它。

☆ 概括話題是在談報紙或雜誌。假如能給出英文名稱是最好，所以要嘗試選擇國際知名的刊物，像是 *TIME*、*NEWSWEEK*、*EMPIRE* 或 *Taipei Times*。請注意你必須聚焦在談報紙或雜誌上，而不是它的網站。

☆ 在佐證細節上，你必須談到刊物的種類。它是一般新聞，還是某種專門的雜誌，像是電影或某種特別嗜好的雜誌？最好是談論你會定期購買的刊物，而不是只看過一次的。爲什麼？因爲這樣你會有比較多東西可談！你需要知道報紙不同版面的說法：國際新聞 (international news)、國內新聞 (home news)、財經新聞 (business news)、運動 (sports)、文化版 (culture sections) 等等。

☆ 動詞時態方面必須使用現在簡單式，因爲你所談論的事無關乎過去時間、現在時間或未來時間，而是關乎事實或慣例。記得你必須清楚發出動詞字尾的 s：例如 It has，而不是 it have。

☆ 你應該用 I 來描述刊物，並用 they、she 或 he 來談論作者。在談論你爲什麼喜歡它時，只要用 I。

☆ 在這裡可以提到一些掌握最新世界大事的好處，它如何幫助你練習並改善你的英文和閱讀技巧，以及它是如何幫助你學到更多的字彙。

【題卡 3】

描述一下你最敬佩的親人。

你應該說出：

• 他們跟你是什麼關係

• 他們在人生中做過什麼

• 他們現在在做什麼

• 解釋你爲什麼這麼敬佩他們。

☆ 概括話題是在談論一個人。選擇某個你覺得有趣的親人。不一定要是近親，而可以是表親或同輩的姻親，但必須是跟你有親戚關係的人。它可以是還在世的人，也可以是已經過世的人。

☆ 在佐證細節上，你必須談到他們跟你的關係，所以假如你談的人不是近親，就會需要大家族的字彙。

☆ 動詞時態方面你需要混用現在簡單式和過去簡單式。假如那個人還在世，就必須用現在簡單式來描述他的個性和跟你的關係，再用過去簡單式來描述他在人生中做過什麼事。假如那個人過世了，你就必須用過去簡單式。在這種應答中，你一定要對動詞時態非常小心，而且假如是用現在簡單式，就要確保自己把 s 清楚發出來：he lives，而不是 he live。

☆ 此人若是男的就用 he，是女的就用 she。我建議你在一張紙上用大寫字母把 HE 或 SHE 寫下來以隨時參照。台灣有很多雅思考生在論述時總會把 he 或 she 搞混，這會嚴重扣分。

☆ 你可以用一些形容個性的字彙來描述此人的個性。別忘了正面和負面的形容詞都要用，因為每個人都兼具正負面的特質，對吧？同時，這麼做也是在告訴主考官，你知道更多的字彙。

在練習分析這些題卡時，別忘了也要練習把你的注釋寫下來！要聚焦在字彙上，並試著盡可能多用 word partnerships。你所做的練習愈多，就會做得愈順暢，並覺得愈有自信。

現在我們要來做一些聽力練習。

Task 4 Track 5.1

聽取錄音中的三段談話，並分別把各段談話內容與 Task 3 的題卡配對，填寫於下表。

題卡	1	2	3
談話			

解答・說明

題卡 1 對應談話 2；題卡 2 對應談話 3；題卡 3 對應談話 1

☆ 假如這題做錯了，那就再多試幾遍。請務必邊聽邊試著去體察資訊的組織。

在你結束這個單元前，請將下列清單看過，確定你能將所有要點都勾選起來。假如有一些要點是你還不清楚的，請回頭再次研讀本單元的相關部分。

☐ 我已了解在測驗的第二部分中一些最常見的問題。
☐ 我已看過測驗第二部分的一些題卡，並練習了對它加以分析。
☐ 我已經學會在準備第二部分期間所需思考事項的核對清單。
☐ 我已經學到了在第二部分當中，對於動詞時態和句子的主詞必須格外當心。
☐ 我已經為準備測驗的第二部分做了練習。
☐ 我已經聽過第二部分的一些例子。

Unit 6

組織談話

Organizing Your Talk

在本單元裡，你會學習如何以有邏輯的方式來組織談話，以便把在 Unit 4 所做的課題接續下去。你也將學習在表現組織時可以運用的語言，並且聽取很多的範例練習。

組織談話 Organizing your Talk

在 Unit 4 中我曾提過用英語論述時必須按照「概括－特定」(general – specific) 來組織想法，你也學到了應該從最概括的資訊開始，然後以特定的例子來佐證。接著在 Unit 5 裡，你也聽取了一些測驗範例。而在這個單元，我則要教你如何把這種思考和組織資訊的方式應用到第二部分的長交替談話上。

首先，我們要運用 Unit 5 的這份題卡來做練習：

?

Describe a special occasion when you had a really enjoyable meal.
You should say:
- What the occasion was
- Who was at the meal
- What you ate
- Explain why the meal was so enjoyable.

Task 1

請依照概括－特定 (general – specific) 的組織，以最有邏輯的次序排列以下這些句子。

A. We also had vegetables and rice, and everyone was drinking rice wine, and some of the old folks were drinking whiskey.

B. The occasion was my grandmother's 80th birthday party. The event was very special because my grandmother has family members living all over the world.

C. I have family members in Canada, in the US, in Mainland China and also some in Hong Kong. Everyone came together to celebrate my grandmother's birthday, and of course she was extremely happy to see everyone.

D. It was a little bit expensive and I had a very bad headache from the wine afterwards!

E. An occasion when I had a meal.

F. The restaurant that we chose was started 30 years ago by my grandmother's best friend. This kind of restaurant features lots of seafood on the menu, and lots of regional dishes.

G. We had crab with red sauce, lobster, crayfish, a delicious fish soup, including some Chinese delicacies.

H. During the meal everyone was talking and laughing and sharing jokes and stories of the past. The meal was so enjoyable because it was lovely to see my old grandmother's face so smiling and happy to see everyone sharing a meal together.

中譯・解答・說明

A. 我們還吃了青菜跟飯，而且大家都有喝米酒，有些長者則是喝威士忌。

B. 該場合是我祖母的八十歲壽宴。這場盛會非常特別，因爲祖母的親人旅居在世界各地。

C. 我有親人在加拿大、美國和中國大陸，還有一些是在香港。大家都一起來爲我祖母慶生，而一看到大家，她當然是開心得不得了。

D. 它稍微有點貴，而且我後來喝到頭痛欲裂！

E. 我吃了一頓飯的場合。

F. 我們選的餐廳是祖母的摯友在 30 年前所開的。這種餐廳的特色是，菜單上有很多海鮮和很多地方菜色。

G. 我們吃了紅蟳、龍蝦、小龍蝦、美味的魚湯，還包括一些中式佳餚。

H. 在用餐期間，大家說說笑笑，分享著笑話和過去的故事。這頓飯十分愉快，因爲看到老祖母笑逐顏開令人快慰，而且很開心看到大家一起共進餐點。

你的答案應該要是：**E → B → C → F → G → A → H → D**

☆ 你可以看到，E 是最概括陳述的一句，接在後面的是 B 句，因爲它針對 E 句多交代了幾個特定細節。

☆ C 句針對 B 句裡頭所提到的親人交代了更多的特定細節。

☆ 此時 F 句增添了新想法，也就是餐廳的相關資訊。

☆ G 句針對 F 句裡所提到的菜單和地方菜色交代了更多的特定細節，A 句則針對酒類說明了更多的細節。

☆ H 句回答了題卡中的提問，亦即點出那一頓飯爲什麼會這麼愉快。

☆ 最後 D 句提出了對比的想法。提出一些對比的想法向來是個好主意，尤其是當你想不到任何新事物可增添到話題中時，你可以想一些負面或對比的論點來讓回答內容變得比較長。

☆ 這樣的次序緊密貼合了 Unit 5 / Task 1 裡的題卡，碰到類似題目時你應該要比照辦理。

☆ 請注意，你不必提出結論。你應該一直論述到主考官要你停下來。你需要準備夠多的素材，這樣才能一直談到她（他）眞要你停下來爲止！

接下來，我們會看一些在表現這種組織時所能運用的語言。

表現組織性 Showing the Organization

你可以在談話中使用四類 set-phrases 來表現出組織性。

1. Beginning 開頭

這類 set-phrases 可用來替談話開頭，並介紹概括話題。

2. Adding 增添

你可以用這類 set-phrases 來替談話增添另一個新想法，但不是要舉例，也不是要提出相反或對比的想法。

3. Illustrating 闡述

這類 set-phrases 可用來舉例，或是爲所提出的概括想法增添特定細節。

4. Contrasting 對比

這類 set-phrases 可用來爲原先的想法增添對比或相反的想法。

PART 2

Task 2

請將這些表現組織性的 set-phrases 加以歸類。屬於 beginning 的寫 B、adding 的寫 A、illustrating 的寫 I、contrasting 的則寫 C。

organizing set-phrases	
☐ … like n.p. …	☐ For instance, n.p./v.p.
☐ … plus the fact that v.p. …	☐ However, v.p. …
☐ … such as n.p. …	☐ I'd like to tell you about n.p.
☐ A case in point is n.p. …	☐ I'm going to tell you about n.p.
☐ Also, v.p. …	☐ In addition, v.p. …
☐ Although, v.p. …	☐ In spite of n.p., I still think v.p. …
☐ And another thing, v.p. …	☐ Not only that, but also v.p. …
☐ And on top of that, v.p. …	☐ On the one hand,…but on the other (hand) v.p. …
☐ Another thing, v.p. …	☐ One exception to this is/was n.p.
☐ As well as this, v.p. …	

☐ Besides that, v.p. …	☐ Then, v.p. …
☐ But then again v.p. …	☐ To begin, v.p. …
☐ Even so, v.p. …	☐ To give you an idea, look at n.p. …
☐ First of all v.p. …	☐ To give you an idea, look at the way that v.p. …
☐ First, v.p. …	☐ To start with v.p. …
☐ For example, n.p./v.p.	☐ What's more, v.p. …

解答・說明

Beginning 開頭
• I'd like to tell you about n.p. 我想要跟你聊聊 n.p. • I'm going to tell you about n.p. 我要來跟你聊聊 n.p.

☆ 用這些 set-phrases 來介紹談話的概括話題。

Adding 增添
• Also, v.p. … 另外，v.p. … • And another thing, v.p. … 再者，v.p. … • And on top of that, v.p. … 加上，v.p. … • Another thing, v.p. … 再者，v.p. … • As well as this, v.p. … 除此之外，v.p. … • Besides that, v.p. … 此外，v.p. … • First of all v.p. … 首先，v.p. … • First, v.p. … 第一，v.p. … • … plus the fact that v.p. … 另外還有 v.p. … • In addition, v.p. … 此外，v.p. … • Not only that, but also v.p. … 不僅如此，而且 v.p. … • Then, v.p. … 然後，v.p. … • To begin, v.p. … 首先，v.p. … • To start with v.p. … 首先來說，v.p. … • What's more, v.p. … 有甚者，v.p. …

☆ 請注意，Then, … To begin, … To start with … First of all … First, … 並不是用來替談話開頭，而是要呈現出第一個佐證論點。

☆ 絕對不能用 Besides，因爲這不是正確的英文說法。你必須用 Besides that。請記住這點，它非常重要。

☆ Not only that but 因爲有否定語，所以看起來像是具對比性，但它其實是意在增添另一個佐證論點。

Illustrating 闡述
• A case in point is n.p. … 明證是 n.p. …
• For example, n.p./v.p. 例如，n.p./v.p.
• For instance, n.p./v.p. 舉例來說，n.p./v.p.
• To give you an idea, look at n.p. … 為了讓你有個概念，來看看 n.p. …
• To give you an idea, look at the way that v.p. … 為了讓你有個概念，來看一下 v.p. …
• … such as n.p. … 諸如 n.p. ….
• … like n.p. … 像是 n.p. ….

☆ 盡量避免老是用 for example。

☆ 注意，你可以說 such as 或 like，但不能說 such like。

☆ 假如你想要用 n.p.，必須說 look at，但若想要用 v.p.，就必須說 look at the way that。注意，look at v.p. 是錯誤的說法。

Contrasting 對比
• Although, v.p. … 雖然 v.p. …
• But then again v.p. … 但話說回來，v.p. …
• Even so, v.p. … 即使如此，v.p. …
• However, v.p. … 不過，v.p. …
• In spite of n.p., I still think v.p. … 儘管 n.p.，我還是認為 v.p. …
• On the one hand, … but on the other (hand) v.p. … 一方面，……但另一方面，v.p. …
• One exception to this is/was n.p. 這點的一個例外是 n.p.

☆ 記住，假如用了 Although，句子後面就不能用 but ...。

☆ 要非常小心的是，一定要說 on the one hand，而不是 on the one side。

☆ 一定要特別留意動詞時態。假如話題不分時間，就用 one exception to this is。假如話題屬於過去的時間，那就用 one exception to this was。

Task 3 Track 6.1

請跟著錄音內容來練習這些 set-phrases 的發音。

現在我們來練習使用這些 set-phrases，以幫助你組織應答。

Task 4

選出最適當的 set-phrase 填入空格。請在空格裡寫上 (A)、(B) 或 (C)。

“ (1)__________ an occasion when I had a meal.

(A) A case in point is
(B) I'm going to tell you about
(C) First

(2)__________, the occasion was my grandmother's 80th birthday party. The event was

(A) First
(B) To give you an idea, look at
(C) Besides

very special because my grandmother has family members living all over the world.
(3)__________, I have family members in Canada, in the US, in Mainland China and also

(A) Another thing
(B) For example
(C) But then again

some in Hong Kong. Everyone came together to celebrate my grandmother's birthday, and of course she was extremely happy to see everyone. (4)__________, the restaurant

(A) In addition
(B) First
(C) such as

that we chose was started 30 years ago by my grandmother's best friend. This kind of restaurant features lots of seafood on the menu, and lots of regional dishes.
(5)__________, we had crab with red sauce, lobster, crayfish, a delicious fish soup,

(A) First of all
(B) Not only that but
(C) To give you an idea

including some Chinese delicacies. (6)__________, we also had vegetables and rice, and

(A) However

(B) As well as this

(C) like

everyone was drinking rice wine, and some of the old folks were drinking whiskey.
(7)__________ during the meal everyone was talking and laughing and sharing jokes and

(A) Even so

(B) What's more

(C) A case in point is

stories of the past. The meal was so enjoyable because it was lovely to see my old grandmother's face so smiling and happy to see everyone sharing a meal together.
(8)__________, it was a little bit expensive and I had a very bad headache from the wine

(A) Not only that, but

(B) For instance

(C) However

afterwards!"

PART 2

Task 5 Track 6.2

請聽取錄音內容來核對 Task 4 的答案。聆聽時需特別注意 set-phrases 的語調和發音。

解答・說明

題號	答案	說明
(1)	**B**	記住，First 並非用於陳述概括話題，而是陳述概括話題後的第一個佐證論點。
(2)	**A**	再次提醒，Besides 的說法是錯的。
(3)	**B**	But then again 是用於對比。
(4)	**A**	這裡不是在舉例，而是在增添另一個佐證論點。
(5)	**C**	你在這裡也可以用 For example，但不要太過度濫用會比較好，而且我們已經在 (3) 用過了。盡量使用不同的 set-phrases，以便向主考官證明你知道更多的用語。
(6)	**B**	這不是對比論點，也不是例子。

(7)	B	這不是對比論點，也不是例子。
(8)	C	記住，Not only that 不是在對比。但這裡需要對比。

我們現在來多聽一些應答範例。

仔細聆聽錄音中的應答範例，並把你在 Task 2 裡所聽到的 set-phrases 打勾。

解答

你應該要聽到以下的 set-phrases。

Talk 1

I'm going to tell you about
First of all,
What's more
In spite of this
For instance,

Talk 2

I'd like to tell you about
To start with,
In addition
as well as this,
such as
To give you an idea,
However,

Talk 3

I'm going to tell you about
First
for example,
Besides that,
not only … but also
in addition to
To give you an idea,
Another thing
As well as
Even so,

Task 7

請利用 Unit 5 的題卡和本單元的 set-phrases 來進行第二部分的練習。試著把 set-phrases 用得自然，並確保你的組織有邏輯。最好錄下自己的聲音，並用附錄 1 的「自我校正核對清單」來幫助你改善答題狀況。

說明

☆ 請務必確保你的組織是依照在本單元中所學到的概括－特定 (general – specific) 結構，並將在這個單元所學到的 set-phrases 妥善用在應答練習中。此外，把自己的答題過程錄下來，反覆多做幾次練習，以使自己的應答盡可能流利。

在你結束這個單元前，請將下列清單看過，確定你能將所有要點都勾選起來。假如有一些要點是你還不清楚的，請回頭再次研讀本單元的相關部分。

□ 我已經了解以概括－特定 (general – specific) 結構來組織談話有多重要。
□ 我已經學會該如何按照題卡上所給的概括－特定結構來組織我的想法。
□ 我已經學到了一些用語可用於爲談話開頭、增添佐證論點、以更多詳細的例子來闡述，以及增添對比論點。
□ 我已經學會要如何妥善運用這些用語。
□ 我已經練習了這些用語的發音。
□ 我已經聽了第二部分的一些應答範例。
□ 我已爲準備和呈現我在第二部分的簡短談話做了一些練習。

NOTES

雅思口說第三部分

IELTS Speaking

PART 3

Unit 7

第三部分介紹

Introduction to part 3

現在我們要進到口說測驗的第三部分。此部分是測驗中最難的部分，但也是可以拿到最高分的部分。爲了在口說測驗獲取高分，你在第三部分的表現必須非常出色。在本單元中將告訴你此部分的成功標準，以及必須怎麼做才能取得高分。

任務描述 Task Description

Task 1

閱讀第三部分的任務描述和下方的說明。

Speaking Part 3

In part 3 the examiner asks you more questions which are connected to the topics discussed in part 2.

This part of the test is designed to give you the opportunity to talk about more abstract issues and ideas. It is a two-way discussion with the examiner. Part 3 of the test lasts about 4 to 5 minutes.

中譯・說明

Speaking Part 3

在第三部分，主考官會對你提問更多與第二部分所討論的話題有關的事。

這部分的測驗是設計來讓你有機會談論更抽象的議題與想法。在此將與主考官進行雙向討論。測驗的第三部分會進行 4 到 5 分鐘。

☆ 測驗的第三部分不是在聊你的生活或經驗，而是在聊你的看法和意見。

☆ 你必須證明自己能表達意見，並能適切地表示同意和不同意。

☆ 你必須證明自己能歸納，並能談論抽象的概念與想法。這比談論生活經驗或具體事物要難得多。然而，得到 6 分以上或 6 分以下的主要差別就在於此。

☆ 有很多台灣人會發現要做好這部分蠻難的，因爲在華人文化中，大多數不會跟不是非常熟的人進行意見交換。你必須克服這道文化差異的障礙，才能在測驗的這個部分取得好成績。

☆ 你可以請主考官進一步解釋她（他）所指的是什麼，也可以不同意主考官所說的，或是發表與主考官截然不同的意見。

☆ 主考官會控制時間，所以不用擔心這點。

成功標準 Criteria for Success

在本書 Unit 1 裡已經學過在口說測驗中需要用到的三種互動形式：

1. 不平衡式短交替談話 (unbalanced short turn talk)
2. 長交替談話 (long turn talk)
3. 平衡式短交替談話 (balanced short turn talk)

爲了幫助你回想，請看下圖。

Three patterns of interaction
互動的三種形式

Part 1	you	← *Q + A* / *short turn: unbalanced*	examiner
Part 2	you	→ *Mini-talk* / *long turn*	examiner
Part 3	you	↔ *discussion* / *short turn: balanced*	examiner

第三部分檢測的重點是考生就與第二部分談話有關的話題來進行平衡式短交替談話 (balanced short turn talk) 的能力。還記得在前幾個單元學過的 IELTS 口說測驗四項成功標準嗎？

1. 流利度和連貫性 (Fluency and Coherence)
2. 語彙資源 (Lexical Resource)
3. 語法廣度和精確度 (Grammatical Range and Accuracy)
4. 發音 (Pronunciation)

這四項標準在測驗的各個階段都很重要。另外在 Unit 4 裡，你還學過第二部分的另一項標準：

5. 組織 (Organization)

我在這裡要提出另一項對於第三部分非常重要的標準：

6. 互動 (Interaction)

在 Unit 1 裡，我們比較了平衡式短交替談話 (balanced short turn talk) 和不平衡式短交替談話 (unbalanced short turn talk) 的差別。也學到了在平衡式短交替談話中，會話帶領人的角色是由兩位說話者平均分擔，這代表談話雙方都能運用若干策略：

- 徵詢意見 (asking for opinions)
- 提出意見 (giving opinions)
- 同意 (agreeing)
- 不同意 (disagreeing)

除了這四項策略，還有別的談話策略可以運用：

- 要求釐清 (asking for clarification)
- 確認了解 (confirming understanding)

你必須充分展現出自己對於在口說測驗中適當運用這些談話策略的自信。雅思所測試的不只是語言，還包括你從事不同類型互動的能力。而測驗的第三部分正是你證明自己做得到這點的最佳機會。

爲了幫助你更詳細了解這點，我們來做一個練習。

Task 2

閱讀以下各組短對話及提示的六項談話策略，想想對話中畫有底線的部分分別屬於哪一項策略。請參考範例。

- asking for opinion
- giving opinion
- agreeing
- disagreeing
- asking for clarification
- confirming understanding

EX. A: What do you think about this?

B: I think art is very important for a civilized society.

→ *asking for opinion*

1. A: I think art is very important for a civilized society.

   B: I agree completely.

   → ____________________

2. A: I firmly believe art is very important for a civilized society.

   B: Yes, I do too.

   → ____________________

3. A: I firmly believe art is very important for a civilized society.

   B: Well, I'm not sure. I think other things are important too.

   → ____________________

4. A: Art is very important for a civilized society.

   B: So what you're saying is you think art is a measure of civilization?

   → ____________________

5. A: I firmly believe art is very important for a civilized society.

   B: Can you say a bit more about that? What do you mean?

   → ____________________

6. A: I firmly believe art is very important for a civilized society. What's your view?

   B: Yes, I totally agree.

   → ____________________

中譯・解答・說明

EX. A: 你認爲這點怎麼樣？

B: 我認爲藝術對公民社會非常重要。

1. A: 我認爲藝術對公民社會非常重要。

   B: 我完全同意。

   → agreeing

2. A: 我堅信藝術對公民社會非常重要。

   B: 對，我也是。

   → giving your opinion

3. A: 我堅信藝術對公民社會非常重要。

   B: 唔，我可不確定。我認爲其他的事也很重要。

   → disagreeing

4. A: 藝術對公民社會非常重要。

   B: 所以你是說，你認爲藝術是衡量文明的方式？

   → confirming understanding

5. A: 我堅信藝術對公民社會非常重要。

   B: 你能不能針對這方面再多說一點？你指的是什麼？

   → asking for clarification

6. A: 我堅信藝術對公民社會非常重要。你的看法是什麼？

   B: 對，我全然同意。

   → asking for opinion

☆ 關於這些談話策略中可以用到的 set-phrases，你將在接下來的單元中進行更多的學習和使用練習。

在你結束這個單元前，請將下列清單看過，確定你能將所有要點都勾選起來。假如有一些要點是你還不清楚的，請回頭再次研讀本單元的相關部分。

☐ 我已經了解在測驗第三部分需要使用平衡式短交替談話。

☐ 我已經了解在測驗第三部分必須談論的不是個人的經驗或概況，而是要能進行歸納。

☐ 我已經了解在第三部分需要針對某個廣度的抽象、概念式話題來表達意見。

☐ 我已經了解在第三部分需要證明自己能用徵詢意見、提出意見、同意、不同意、要求釐清、確認了解等六項策略來駕馭會話。

Unit 8

第三部分的常見話題與提問
Common Topics and Questions for Part 3

在本單元裡，你將對於口說測驗第二部分和第三部分的關係有更深入的了解，並學習第三部分要如何納入第二部分的話題並使它更具概括性。你會看到一些在第三部分中可能需要討論的提問，也將學習和練習一些關於徵詢意見或提出個人意見的 set-phrases。

了解話題 Understanding the Topic

主考官有一些話題卡，提問題目就在裡頭。他會使用這些問題來幫忙引導討論。這些話題將與你在第二部分的論述有關。你只會聽到，但不會看到主考官手上題卡的問題。在這部分的話題提問將比第二部分要來得廣泛和抽象。我們來看一些例子。

Task 1

請將四份在 Unit 5 中所看到的第二部分題卡，與下方第三部分的正確話題卡配對。

第二部分題卡

【題卡 1】= 話題卡（　　）

Describe a special occasion when you had a really enjoyable meal.
You should say:
- What the occasion was
- Who was at the meal
- What you ate
- Explain why the meal was so enjoyable.

?

【題卡 2】= 話題卡（　　）

Describe a memorable journey you have made.
You should say:
- Why you were making the journey
- Where you were going
- How you were traveling
- Explain what made the journey so memorable.

?

【題卡 3】= 話題卡（　　）

Describe a newspaper or a magazine you enjoy reading.
You should say:
- What kind of a newspaper or magazine it is
- How often you buy it
- What articles and information it contains
- Explain why you enjoy reading it.

?

【題卡 4】= 話題卡（　　）

Describe a person in your family who you most admire.
You should say:
- What their relationship is to you
- What they have done in their life
- What they do now
- Explain why you admire them so much.

?

第三部分話題卡

A.

Family

- In what ways have families changed in recent years in your country?
- What conflicts can arise between a person's family and a person's friends?
- What responsibilities do children have towards their parents?
- How would you describe the relationship between the generations in your culture?

?

B.

Attitudes to Newspapers

- Do you believe in total press freedom?
- Do you think it's important for people to read a lot?
- What sort of stories about famous people are published in your country?
- Are newspapers more important than the internet?

?

C.

Attitudes to Food

- Do people in your country prefer Western junk food, or traditional snacks?
- Do you think children should be taught about healthy diets?
- Why is food always the focus of special occasions such as birthdays and weddings?
- Do you think too much food is wasted?

?

D.

Travelling

- What do people learn from traveling?
- How has tourism changed the way people in your country behave?
- What are the advantages and disadvantages of traveling by plane?
- What's the difference between a traveler and a tourist?

?

PART 3

中譯・解答・說明

〈以下提供第三部分話題卡的中譯內容，第二部分題卡之中譯請參閱 P.38, P.42〉

【題卡 1】= 話題卡（C）

對食物的態度

- 你們國家的人偏好西方的垃圾食物還是傳統小吃？
- 你認爲該對小孩教導健康的飲食嗎？
- 在生日和婚禮之類的特別場合，食物爲什麼總是焦點？
- 你認爲是否有太多食物遭到了浪費？

☆ 在第二部分裡，你必須談論以用餐爲主軸的場合。在第三部分裡，你則需要分享對食物的一般看法、食物何以是特別盛會的焦點、食物和健康的關係，以及食物浪費之類的議題。

【題卡 2】= 話題卡（D）

旅行

- 人們從旅行中會學到什麼？
- 觀光業是如何改變了貴國人民的行事之道？
- 搭機旅行有什麼優缺點？
- 旅客和觀光客有何不同？

☆ 在第二部分裡，你必須描述你曾踏上的一段難忘旅程。在第三部分裡，你則需要從中歸納，以針對旅行的益處和觀光業的衝擊等來討論你的想法。

【題卡 3】= 話題卡（B）

對報紙的態度

- 你相信完全的輿論自由嗎？
- 你認爲多閱讀對一個人重要嗎？
- 你們國家常刊登的名人報導是哪一類的？
- 報紙比網路重要嗎？

☆ 在第二部分裡，你必須談論自己最愛看的報紙或雜誌。在第三部分裡，你則需要更廣泛地談論媒體在社會中扮演的角色和閱讀的重要性。

【題卡 4】= 話題卡（A）

家庭

- 你們國家的家庭在近年來有哪些方面改變了？

- 一個人的家人和一個人的朋友之間可能會產生什麼衝突？
- 子女對父母負有什麼責任？
- 你會怎麼描述所屬文化中的世代關係？

☆ 在第二部分裡，你必須談論親人。你必須描述他們，並談論爲什麼佩服他們。而在第三部分裡，你則需要更廣泛地談論家庭在社會中的作用以及家庭關係的運作方式。

希望你能從這些例子中看出來，第三部分的話題都是跟第二部分的個人話題有關，但第三部分比較概括、比較抽象，也比較概念式。

現在我們來看一些第三部分的提問，主考官可能會根據這些話題來問你。

Task 2

請將以下提問與 Task 1 的第三部分話題配對。在提問旁寫下 A、B、C 或 D。

提問內容	話題
1. At what age do you think children should be taught to cook?	
2. Do you think the growth of international tourism is a good thing? Why? Why not?	
3. Do you think the media should be allowed to publish stories about the private lives of rich or famous people? Why? Why not?	
4. How should tourists behave when they visit another country?	
5. In what ways are newspapers better than TV for learning about the world?	
6. Do people in your country prefer Western junk food or traditional snacks?	
7. What do people enjoy reading in your country?	
8. What do you think a healthy diet consists of?	
9. What responsibilities do children have towards their parents?	
10. Should husbands and wives have different roles within the family?	
11. What responsibilities do parents have towards their children?	
12. What do you think is the best way for tourists to travel if they want to learn about another culture?	

PART 3

中譯・解答・說明

1. C 譯 你認爲孩子應該在什麼年齡學習做料理？
2. D 譯 你認爲國際觀光業的成長是好事嗎？爲什麼是？爲什麼不是？
3. B 譯 你認爲該不該容許媒體刊登有錢人或名人私生活的報導？爲什麼該？爲什麼不該？
4. D 譯 觀光客在造訪別國時，該如何行事才對？
5. B 譯 以認識世界來說，報紙在哪些方面會優於電視？
6. C 譯 你們國家的人偏好西方的垃圾食物還是傳統小吃？
7. B 譯 你們國家的人喜歡閱讀什麼？
8. C 譯 你認爲健康的飲食包含了什麼？
9. A 譯 子女對父母負有什麼責任？
10. A 譯 夫妻在家庭中該不該扮演不同的角色？
11. A 譯 父母對子女負有什麼責任？
12. D 譯 你認爲觀光客如果想要認識其他的文化，最好的旅行方式是什麼？

☆ 希望各位能看出，這些提問全都非常籠統。它們是聚焦於你的意見和態度，而不是你的經驗或生活。爲了在第三部分拿到不錯的分數，你需要證明自己已經思考過這些話題，並且對它們有一些看法。

☆ 有很多台灣學生常會告訴我：「我對這點沒有任何想法！」這樣並不夠好。世界上受過教育的人，只要是在高中以上的年紀，大部分都會對這些話題有想法：它們並不是困難的話題。假如你自認對這幾類話題沒有意見或想法，那現在就是開始思考並提出一些看法的時候了。

我們現在來聽兩段面談範例。

請仔細聆聽兩段面談範例，並判斷談論的分別是 Task 1 中的哪個話題？

解答・說明

Interview 1 是話題 C

Interview 2 是話題 B

請再次聽取兩段面談範例，並把你所聽到，在 **Task 2** 中出現過的提問寫下來。

解答・說明

Interview 1

- Do people in your country prefer Western junk food or traditional snacks?
- So what do you think a healthy diet consists of?
- So at what age do you think kids should be taught to cook? In high school, only?

Interview 2

- Do you think the media should be allowed to publish stories about the private lives of rich or famous people?
- So, in terms of news, what do people enjoy reading in your country?
- In what ways are newspapers better than TV for learning about the world?

☆ 你可以參考附錄 3 的「錄音內容文本」來幫助理解面談內容。接著請花點時間來想想你會如何回答這些提問，試著整理出一些想法來。

PART 3

與主考官互動 Interacting with the Examiner

現在來看一些可幫助你在會話中進行互動、獲取高分的 set-phrases。我們就從徵詢意見 (asking for an opinion) 和提出意見 (giving your opinion) 的 set-phrases 開始。

Task 5

請將下方 set-phrases 的用法加以歸類。屬於 asking 的寫 A、giving 的寫 G。

☐ As far as I can make out, …	☐ My position is that …
☐ As I see it, …	☐ My view is that …
☐ Can you tell me what you think?	☐ There's no doubt in my mind that …
☐ … don't you think?	☐ To my mind, …
☐ From my point of view, …	☐ To my way of thinking, …
☐ I believe …	☐ What about X?
☐ I firmly believe …	☐ What about you?
☐ I reckon …	☐ What do you reckon?
☐ I think …	☐ What do you think?
☐ In my opinion, …	☐ What's your position on this?
☐ In my view, …	☐ What's your view?
☐ It seems to me that …	☐ Where do you stand on this?
☐ My own view is that …	

解答・說明

Asking for opinion 徵詢意見

- Can you tell me what you think? 你能不能聊聊，你認為是如何？
- What do you reckon? 你覺得如何？
- What do you think? 你認為如何？
- What's your position on this? 你就這點所持的立場為何？
- What's your view? 你的看法是什麼？
- What about you? 那你呢？
- What about X? 那 X 呢？
- … don't you think? 你不認為嗎？
- Where do you stand on this? 你在這點上是怎麼看？

☆ Reckon 和 think 是一樣的意思。

☆ 要注意的是，你只有在表達了自己的意見之後，才能徵詢主考官的意見。

☆ 要非常注意 set-phrases 的發音：你應該強調這些 set-phrases 裡的 you 和 your。

☆ ... don't you think? 可以用在陳述的結尾。

Giving an opinion 提出意見
• As far as I can make out, ... 就我所能理解 • As I see it, ... 依我之見 • From my point of view, ... 從我的角度來看 • I believe ... 我相信 • I firmly believe ... 我堅信 • I reckon ... 我覺得 • I think ... 我認為 • In my opinion, ... 就我的意見而言 • In my view, ... 就我的看法而言 • It seems to me that ... 在我看來 • My own view is that ... 我本身的看法是 • My position is that ... 我的立場是 • My view is that ... 我的看法是 • There's no doubt in my mind that ... 在我心目中，無疑 • To my mind, ... 就我的想法來說 • To my way of thinking, ... 按照我的想法

☆ 這些 set-phrases 的後面全都是接 v.p. 或完整的句子。

☆ 有時候大家會搞混一些小細節，例如，把 To my mind 說成 In my mind，或是把 In my view 說成 From my view。請務必要特別注意這些小細節，在使用 set-phrases 時一定要確保完全正確。

☆ 一般來說，在學習這些 set-phrases 的發音時，需要強調的是代名詞，像是 I、me 或 my。不要強調名詞，像是 opinion 或 view，也不要強調動詞，像是 think 或 reckon。

Task 6 Track 8.2

仔細聆聽錄音內容，練習 set-phrases 的正確發音。

PART 3

說明

☆ 記得語調要盡可能清楚與寬廣。

☆ 一定要精確仿效錄音中各 set-phrases 的語調。

☆ 若對於自己的發音和語調沒有 100% 的自信，那就多練習幾遍。

Task 7 Track 8.1

請再次聽取兩段面談範例，並參閱 Task 5，把在會話中所聽到的 set-phrases 打勾。

解答・說明

你應該要聽到以下的 set-phrases。

Interview 1

Asking:

- What about you?
- What do you think?
- … don't you think?
- What's your position on this?

Giving:

- I think
- As far as I can make out,
- In my view,
- To my mind

Interview 2

Asking:

- What do you reckon?
- What's your view?
- What about X?
- Where do you stand on this?

Giving:

- From my point of view
- I firmly believe
- In my opinion
- It seems to me that

☆ 假如沒有聽出全部的 set-phrases，那就再聽個幾遍。

Task 8

請利用 Task 2 的提問來進行第三部分的應答練習。想像主考官就在面前，並練習向他提問。最好錄下自己的聲音，並用附錄 1 的「自我校正核對清單」來幫助你改善答題狀況。

說明

☆ 記得要先對主考官提出自己的看法「後」，才向他徵詢意見。

☆ set-phrases 的語調一定要清楚而正確。

在你結束這個單元前，請將下列清單看過，確定你能將所有要點都勾選起來。假如有一些要點是你還不清楚的，請回頭再次研讀本單元的相關部分。

□ 我已經了解口說測驗第三部分和第二部分的關係爲何。

□ 我已經看了測驗第三部分的一些常見提問，並練習對它加以分析。

□ 我已經學到了一些可用來使我和主考官互動流暢的 set-phrases。

□ 我已經學到了徵詢意見和提出意見的 set-phrases。

□ 我已經練習了 set-phrases 的正確發音。

□ 我已經聽取了第三部分的一些應答範例。

□ 我已經練習使用 set-phrases 來談論一些話題。

NOTES

Unit 9

應對討論

Handling the Discussion

在本單元裡，我們要繼續來談你在應對第三部分的討論時所該使用的語言。我們在上個單元開始談這點時，學到了徵詢意見和提出意見的用語。而在此你則會學到「同意」和「不同意」主考官時應如何表達，以及想「要求釐清」或「確認理解」時所能使用的用語。當然，你還會聽取很多的應答範例。

同意和不同意 Agreeing and Disagreeing

在口說測驗的最後一部分，考生會獲得低分的原因之一是，他們覺得若不同意主考官的意見會顯得不得體。在華人文化中，不贊同地位比自己高的人常會被視爲無禮或不得體，尤其那個人又是主考官！不過在西方文化中，情況則正好相反。他們認爲比較成功的討論是雙方有公平的意見交換，而且都有所同意和不同意。在 IELTS 測驗中，證明你知道西方會話風格有這樣的文化特色是很重要的。在接下來這節裡，你將會學到要適切地表達同意 (agree) 和不同意 (disagree) 時應使用的語言。

Task 1

請將下方 set-phrases 的用法加以歸類。屬於 agree 的寫 A、disagree 的寫 D。

☐ Absolutely.	☐ I'm afraid I disagree.
☐ I agree completely.	☐ I'm afraid I don't see it like that.
☐ I can see your point, but surely v.p. …	☐ I'm afraid I have to disagree.
☐ I disagree entirely.	☐ Indeed.
☐ I really can't agree with you on that.	☐ Me too.
☐ I think that's right.	☐ Well, I'm not sure.
☐ I think you're right.	☐ Well, that's not how I see it at all.
☐ I agree in principle, but v.p. …	☐ Yes, but don't you think that v.p. …?
☐ I agree up to a point, but v.p. …	☐ Yes, possibly, but what about n.p. …?
	☐ You're absolutely right.

解答・說明

Agreeing 同意
• Me too. 我也是。 • Absolutely. 絕對是。 • Indeed. 的確是。 • I agree completely. 我完全同意。 • I think that's right. 我認為這是對的。 • I think you're right. 我想你說得對。 • You're absolutely right. 你絕對是說對了。

☆ 你當然也可以只說 yes 或 That's right 來表示同意。

☆ 想要強調強烈同意時，就使用 Absolutely、Indeed 和 You're absolutely right。

Disagreeing 不同意
• Well, I'm not sure. 唔，我不確定。
• Well, that's not how I see it at all. 唔，我一點都不是這樣看的。
• Yes, but don't you think that v.p. …? 對，可是你不認為 v.p. … 嗎？
• Yes, possibly, but what about n.p. …? 對，有可能，可是 n.p. … 呢？
• I can see your point, but surely v.p. … 我能明白你的論點，可是想必 v.p. …
• I agree in principle, but v.p. … 我原則上同意，但是 v.p. …
• I agree up to a point, but v.p. … 我在某種程度上同意，但是 v.p. …
• I disagree entirely. 我完全不同意。
• I really can't agree with you on that. 我在這點上真的無法同意你。
• I'm afraid I disagree. 恐怕我並不同意。
• I'm afraid I don't see it like that. 恐怕我不是這樣來看。
• I'm afraid I have to disagree. 恐怕我非得不同意才行。

☆ 表達不同意的 set-phrases 會比較多是因爲這方面比較難做到委婉，尤其當你覺得害羞或緊張時。

☆ 請注意，在表示不同意時該說的不是 No，而是 Yes, but …，然後把自己跟主考官有所不同的意見提出來。

☆ 如果想要表示稍微不同意，可使用 Well, I'm not sure. / Well, that's not how I see it at all.。

☆ 可使用 I can see your point, but surely … / I agree in principle, but … / I agree up to a point, but … / I disagree entirely 這些用語來表示稍微不同意，然後把自己的意見提出來。當然，在說之前，你必須在腦海中把自己的意見給備妥！

☆ 若是想要表示強烈不同意，可使用 I disagree entirely. / I really can't agree with you on that. / I'm afraid I disagree. / I'm afraid I don't see it like that. / I'm afraid I have to disagree.。這些用語相當可以被接受。

PART 3

Task 2 Track 9.1

仔細聆聽錄音內容，練習 set-phrases 的正確發音。

說明

☆ 記得語調要盡可能清楚與寬廣。

☆ 一定要精確仿效錄音中各 set-phrases 的語調。

☆ 若對於自己的發音和語調沒有 100% 的自信，那就多練習幾遍，直到能說得輕鬆而流利爲止。

Task 3 Track 9.2

聆聽兩段面談，並參閱 Task 1，把在會話中所聽到的 set-phrases 打勾。

解答・說明

你應該要聽到以下的 set-phrases。

Interview 1

Agreeing:

- I think that's right.
- Yes, I agree completely
- I think you're right.
- You're absolutely right.

Disagreeing:

- I agree in principle, but
- I agree up to a point, but
- Well, that's not how I see it all.
- I'm afraid I disagree.

Interview 2

Agreeing:

- Absolutely.
- Yes, I agree completely
- Indeed.
- You're absolutely right.

Disagreeing:

- I'm afraid I have to disagree.
- Yes, but don't you think that
- I can see your point but surely,
- That's not how I see it at all.

☆ 假如沒有聽出全部的 set-phrases，那就再聽個幾遍。

要求釐清與確認理解
Asking for Clarification and Confirming Understanding

現在我們來看要如何要求釐清 (ask for clarification)，以及要如何確認理解 (confirm your understanding)，意即確認你對主考官所說內容的理解。在第三部分中提出問題是完全可被接受的。你的提問不能是針對字彙的意思，但可以是與主考官剛才所說內容的較深層或較廣泛意思有關。來看以下的用語，你就會明白我指的是什麼。

Task 4

請將下方 set-phrases 的用法加以歸類。屬於 ask for clarification 的寫 A、confirming 的寫 C。

- ☐ … is that right?
- ☐ Can you say a bit more about that?
- ☐ Do you mean n.p. …?
- ☐ So basically what you're saying is v.p. …?
- ☐ So you're of the opinion that v.p.?
- ☐ So you're saying that v.p.?
- ☐ What do you mean by that?
- ☐ When you say XXX do you mean XXX?
- ☐ When you say XXX what do you mean exactly?

解答・說明

Asking for clarification 要求釐清
• Can you say a bit more about that? 你能不能針對這點多說一點？
• When you say XXX do you mean XXX? 你說的 XXX 是不是指 XXX ？
• When you say XXX what do you mean exactly? 你說的 XXX 究竟是指什麼？
• What do you mean by that? 你這麼說的意思是什麼？
• Do you mean …? 你指的是不是……？

☆ 不是十分確定主考官問你的是什麼時，就用這些 set-phrases 來釐清問題。

PART 3

☆ 要當心的是，向主考官要求釐清提問時，不要聚焦在一個字彙上，而應針對主考官所說內容的概括意思。

Confirming 確認理解
• So you're of the opinion that v.p.? 所以你的意見是 v.p. ？
• So you're saying that v.p.? 所以你是說 v.p. ？
• So basically what you're saying is v.p. … 所以基本上，你是在說 v.p. …
• … is that right? 這樣有說對嗎？

☆ 運用這些 set-phrases，然後把你認為主考官所說的話覆述一遍。

☆ 把主考官所說的話覆述一遍後，再使用 is that right? 來做確認。

Task 5 Track 9.3

仔細聆聽錄音內容，練習 set-phrases 的正確發音。

說明

☆ 記得語調要盡可能清楚與寬廣。

☆ 一定要精確仿效錄音中各 set-phrases 的語調。

☆ 若對於自己的發音和語調沒有 100% 的自信，那就多練習幾遍，直到能說得輕鬆而流利為止。

Task 6 Track 9.2

再次聆聽兩段面談，並參閱 Task 4，把在會話中所聽到的 set-phrases 打勾。

解答・說明

你應該要聽到以下的 set-phrases。

Interview 1

Asking for clarification:

• What do you mean by that?

• Do you mean …?

Confirming:

• So you're saying that …?

• So basically what you're saying is …?

Interview 2

Asking for clarification:

- When you say assumptions what do you mean exactly?
- Can you say a bit more about that?

Confirming:

- So basically what you're saying is…?
- So you're of the opinion that …?

我們接下來要進行一個綜合的練習。在下一個 Task 中，你必須聚焦在互動的形態上，依會話文意來判定考生是在徵詢意見 (asking for an opinion)、提出意見 (giving an opinion)、同意 (agreeing)、不同意 (disagreeing)、要求釐清 (ask for clarification)，還是確認理解 (confirming)。

Task 7

請閱讀以下第三部分的面談範例，並選擇正確的片語填入空格處。

Ex: Now we will continue with Part 3. I'm going to ask you some questions related to the topic of Part 2. Are you ready to continue?

Can: Yes I am.

Ex: Then let's talk about the internet. In your country is the internet widely available?

Can: Yes it is. It's kind of everywhere, at least in the cities.

Ex: And do you think that's a good thing?

Can: Yes, (1) ______________ it's a good thing because it means no matter where you

(A) As I see

(B) What's your view?

live you can get access to information.

Ex: But some people think that there are more important things than the internet, and that we should focus on giving people these things first.

Can: (2) ______________

(A) Do you mean infrastructure?

(B) What's your position on this?

Ex: Yes, what other things do we think we should focus on delivering to country people?

Can: Oh well, there are lots: water, sanitation, electricity and so on. Of course these are

PART 3

more important. (3) ______________

(A) I really can't agree with you on that.

(B) Can you tell me what you think?

Ex: I think these things are very important too, but I think internet access should be considered as part of these things.

Can: (4) ______________ I think safe drinking water and sanitation must come first, these

(A) I agree up to a point but ….

(B) What do you mean by that?

are more important.

Ex: Has the internet changed the way people in the country live?

Can: No, I don't think so. I think people in the countryside live the same kind of lives as before, no matter whether they have internet or not. Most people who live in the country are farmers, so their lives don't change much.

Ex: But the internet might make it easier for them to find customers for their crops, or to find the latest information about the best way to grow food, for example.

Can: (5) ______________

(A) What do you reckon?

(B) So you're saying that the internet might help farmers to farm more efficiently?

Ex: Yes, that's right.

Can: (6) ______________

(A) What do you think?

(B) Absolutely

解答・中譯

(1) A (2) A (3) B (4) A (5) B (6) B

譯文

主考官：現在我們要繼續第三部分。我會問你一些與第二部分的話題有關的問題。你準備好要繼續了嗎？

應試者：準備好了。

主考官：那我們就來談談網路。你們國家的網路普及嗎？

應試者：普及。算是到處都有，起碼在城市裡是如此。

主考官：你認爲那是好東西嗎？

應試者：對，就我所見是好東西，因爲它代表無論你住在哪，都能取用資訊。

主考官：可是有些人認爲，有比網路重要的東西，而且我們應該聚焦於先把這些東西帶給大家。

應試者：你是指基礎建設嗎？

主考官：對，我們會認爲該聚焦於爲國民帶來的其他東西有什麼？

應試者：哦，這個嘛，有很多：水、衛生、電等等。這些當然更重要。你能不能聊聊，你認爲是如何？

主考官：我認爲這些東西也非常重要，但我認爲應該把有網路可用視爲這些東西的一部分。

應試者：我在某種程度上同意，但我認爲，安全的飲用水和衛生必須先做，這些比較重要。

主考官：網路有改變鄉村民眾的生活方式嗎？

應試者：不，我認爲沒有。我認爲住鄉下的民眾無論有沒有網路，都會跟以前過同樣一種日子。居住在鄉村的民眾大部分都是農民，所以生活改變不大。

主考官：可是例如說，網路或許使他們比較容易爲作物找到顧客，或是在栽種糧食的最佳方式上找到最新的資訊。

應試者：所以你是說，網路或許有助於農民耕作得更有效率？

主考官：對，沒錯。

應試者：絕對是。

Task 8

請利用 Unit 8 中 Task 2 的提問來進行第三部分的應答練習。想像主考官就在面前，並練習向他提問。最好錄下自己的聲音，並用附錄 1 的「自我校正核對清單」來幫助你改善答題狀況。

說明

☆ 記得要先對主考官提出自己的看法「後」，才向他徵詢意見。

☆ set-phrases 的語調一定要清楚而正確。

在你結束這個單元前，請將下列清單看過，確定你能將所有要點都勾選起來。假如有一些要點是你還不清楚的，請回頭再次研讀本單元的相關部分。

☐ 我已經學會更多可用來把我和主考官的互動變成短交替談話的 set-phrases。
☐ 我已經學會了表達同意和不同意的 set-phrases。
☐ 我已經學會了要求釐清和確認理解的 set-phrases。
☐ 我已經練習了 set-phrases 的正確發音。
☐ 我已經聽取了第三部分的一些應答範例。
☐ 我已經練習使用 set-phrases 來談論一些話題。

附錄
Appendices

附錄 1 自我校正核對清單 Self-correction Checklist

在每一次做口說練習時最好都能錄下自己的聲音，然後聽自己的錄音，並用這份自我校正核對清單來確保自己有所進步。你可以把這頁影印起來，放在手邊隨時備用。

1. 流利度和連貫性 (Fluency and Coherence)

□ 你是否談論順暢，而不會遲疑和反覆？

□ 你是如何發展和組織對這個話題的想法？

□ 你是如何用組織語言來凸顯出這樣的組織？

★ 我的筆記：

2. 語彙資源 (Lexical Resource)

□ 你是如何運用字彙？

□ 假如不知道合適的字彙，你能如何利用換種說法來把意思解釋清楚？

□ 你是如何把單字結合成 word partnerships ？

★ 我的筆記：

3. 語法廣度和精準度 (Grammatical Range and Accuracy)

☐ 你是如何運用語法？

☐ 你用的是那種語法？

☐ 你能不能聽出任何語法錯誤？

☐ 你所用的動詞時態正確嗎？

★ 我的筆記：

____

____

____

____

____

____

4. 發音 (Pronunciation)

☐ 你說得有多清楚？

☐ 你有沒有用連音？

☐ 你有沒有用寬廣的語調？

☐ 你有沒有正確念出字彙的重音？

☐ 你有沒有正確念出 set-phrases 的重音？

★ 我的筆記：

____

____

____

____

____

____

5. 組織 (Organization)

□ 你有沒有依照「概括－特定」的組織資訊方式來組織應答？

□ 你有沒有用正確的 set-phrases 把組織清楚呈現出來？

★ 我的筆記：

6. 互動 (Interaction)

□ 你有沒有用 set-phrases 來與主考官進行適切的互動？

□ 你有沒有正確使用平衡式短交替談話？

★ 我的筆記：

用語庫彙整
Language Banks

爲方便複習，以下彙整本書學過的重要用語。若在用法上有不清楚的部分請再回頭閱讀該單元的相關部分。

Unit 3

擴充回答的用語〈參照 P.24〉

expanding your answer

- ☐ In fact, … 事實上
- ☐ … though. 卻是
- ☐ Well, … 這個、唔
- ☐ I think v.p. 我認為 v.p.
- ☐ Usually,… 通常
- ☐ … is by far the most/best … 肯定是最／最好的
- ☐ … is easily the most/best … 確實是最／最好的
- ☐ I'm really … 我十分
- ☐ But … 但
- ☐ Sometimes … 有時
- ☐ Generally, … 大致上
- ☐ Obviously, … 顯然
- ☐ Originally … 原本
- ☐ I guess because … 我猜是因為
- ☐ Most of the time … 在大部分的時候
- ☐ On the whole, … 總的來說
- ☐ Actually, … 實際上
- ☐ Interestingly enough, … 挺有意思的是
- ☐ Surprisingly enough, … 挺出人意表的是
- ☐ … which is/are … 這就是
- ☐ … considering … 要是考慮到

Unit 6

表現組織性的用語——開頭〈參照 P.50〉

Beginning

- I'd like to tell you about n.p. 我想要跟你聊聊 n.p.
- I'm going to tell you about n.p. 我要來跟你聊聊 n.p.

表現組織性的用語——增添〈參照 P.50〉

Adding

- Also, v.p. … 另外，v.p. …
- And another thing, v.p. … 再者，v.p. …

- And on top of that, v.p. … 加上，v.p. …
- Another thing, v.p. … 再者，v.p. …
- As well as this, v.p. … 除此之外，v.p. …
- Besides that, v.p. … 此外，v.p. …
- First of all v.p. … 首先，v.p. …
- First, v.p. … 第一，v.p. …
- … plus the fact that v.p. … 另外還有 v.p. …
- In addition, v.p. … 此外，v.p. …
- Not only that, but also v.p. … 不僅如此，而且 v.p. …
- Then, v.p. … 然後，v.p. …
- To begin, v.p. … 首先，v.p. …
- To start with v.p. … 首先來說，v.p. …
- What's more, v.p. … 有甚者，v.p. …

表現組織性的用語——闡述〈參照 P.51〉

Illustrating

- A case in point is n.p. … 明證是 n.p. …
- For example, n.p./v.p. 例如，n.p./v.p.
- For instance, n.p./v.p. 舉例來說，n.p./v.p.
- To give you an idea, look at n.p. … 為了讓你有個概念，來看看 n.p. …
- To give you an idea, look at the way that v.p. … 為了讓你有個概念，來看一下 v.p. …
- … such as n.p. … 諸如 n.p. ….
- … like n.p. … 像是 n.p. ….

表現組織性的用語——對比〈參照 P.51〉

Contrasting

- Although, v.p. … 雖然 v.p. …
- But then again v.p. … 但話說回來，v.p. …
- Even so, v.p. … 即使如此，v.p. …
- However, v.p. … 不過，v.p. …
- In spite of n.p., I still think v.p. … 儘管 n.p.，我還是認為 v.p. …
- On the one hand, …but on the other (hand) v.p. … 一方面，……但另一方面，v.p. …
- One exception to this is/was n.p. 這點的一個例外是 n.p.

Unit 8

徵詢意見的用語〈參照 P.72〉

Asking for opinion
• Can you tell me what you think? 你能不能聊聊，你認為是如何？ • What do you reckon? 你覺得如何？ • What do you think? 你認為如何？ • What's your position on this? 你就這點所持的立場為何？ • What's your view? 你的看法是什麼？ • What about you? 那你呢？ • What about X? 那 X 呢？ • … don't you think? 你不認為嗎？ • Where do you stand on this? 你在這點上是怎麼看？

提出意見的用語〈參照 P.73〉

Giving an opinion
• As far as I can make out, … 就我所能理解 • As I see it, … 依我之見 • From my point of view, … 從我的角度來看 • I believe … 我相信 • I firmly believe … 我堅信 • I reckon … 我覺得 • I think … 我認為 • In my opinion, … 就我的意見而言 • In my view, … 就我的看法而言 • It seems to me that … 在我看來 • My own view is that … 我本身的看法是 • My position is that … 我的立場是 • My view is that … 我的看法是 • There's no doubt in my mind that … 在我心目中，無疑 • To my mind, … 就我的想法來說 • To my way of thinking, … 按照我的想法

Unit 9

表達同意的用語〈參照 P.78〉

Agreeing
• Me too. 我也是。
• Absolutely. 絕對是。
• Indeed. 的確是。
• I agree completely. 我完全同意。
• I think that's right. 我認為這是對的。
• I think you're right. 我想你說得對。
• You're absolutely right. 你絕對是說對了。

表達不同意的用語〈參照 P.79〉

Disagreeing
• Well, I'm not sure. 唔，我不確定。
• Well, that's not how I see it at all. 唔，我一點都不是這樣看的。
• Yes, but don't you think that v.p. …? 對，可是你不認為 v.p. … 嗎？
• Yes, possibly, but what about n.p. …? 對，有可能，可是 n.p. … 呢？
• I can see your point, but surely v.p. … 我能明白你的論點，可是想必 v.p. …
• I agree in principle, but v.p. … 我原則上同意，但是 v.p. …
• I agree up to a point, but v.p. … 我在某種程度上同意，但是 v.p. …
• I disagree entirely. 我完全不同意。
• I really can't agree with you on that. 我在這點上真的無法同意你。
• I'm afraid I disagree. 恐怕我並不同意。
• I'm afraid I don't see it like that. 恐怕我不是這樣來看。
• I'm afraid I have to disagree. 恐怕我非得不同意才行。

要求釐清的用語〈參照 P.81〉

Asking for clarification
• Can you say a bit more about that? 你能不能針對這點多說一點？
• When you say XXX do you mean XXX? 你說的 XXX 是不是指 XXX ？
• When you say XXX what do you mean exactly? 你說的 XXX 究竟是指什麼？
• What do you mean by that? 你這麼說的意思是什麼？
• Do you mean …? 你指的是不是……？

確認理解的用語〈參照 P.82〉

Confirming
• So you're of the opinion that v.p.? 所以你的意見是 v.p. ?
• So you're saying that v.p.? 所以你是說 v.p. ?
• So basically what you're saying is v.p. … 所以基本上，你是在說 v.p. …
• … is that right? 這樣有說對嗎？

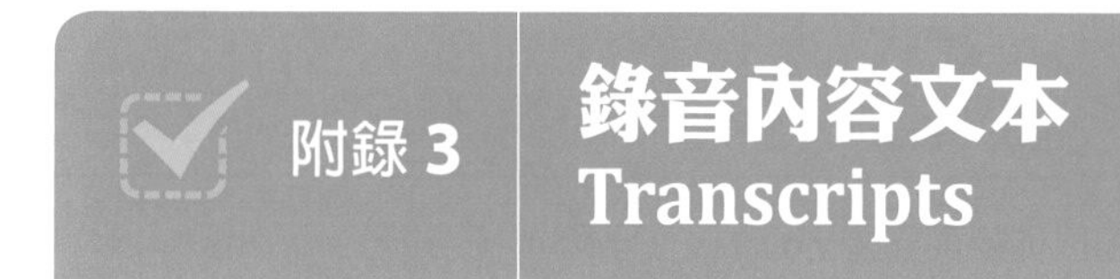

附錄 3 錄音內容文本 Transcripts

Ex: = examiner 主考官

Can: = candidate 應試者

Track 1.1 Unit 1, Task 2 / Example test 1

錄音內容

Part 1

Ex: Hello, please come in. Yes, please shut the door behind you. You can sit there. How are you?

Can: I'm well, thank you.

Ex: Before we get started can I just check your details. Do you have your ID card with you?

Can: Yes, here we are. My name is Jay Cho.

Ex: Jay Cho. Oh yes. Nice to meet you Jay.

Can: Nice to meet you too.

Ex: So Jay, tell me about yourself. What do you do? Are you a student? Or are you working?

Can: Actually, I'm a student, but I also have a part time job, it's supposed to be a part time job, but it actually takes up quite a lot of time.

Ex: Oh, I see hahah. Well, let's start with your studies first. What are you studying?

Can: I'm studying computer science and engineering. I'm a third year student, so graduation is coming up next year.

Ex: I see. Why did you choose to study this?

Can: Well, I like computers, and I'm hoping to get a job in the industry one day, so I chose to major in computer science.

Ex: So what especially interests you about your studies?

Can: Well, actually, I'm really interested in maths, but I think it's quite hard to get a job with a degree in pure maths. In fact I'm more interested in the maths side of it than the engineering side. Originally, I was hoping I would get the chance to design algorithms, I really love algorithms. But, most of the time the course focuses on programming language and software design. Obviously that's important, but not really what I was expecting.

Ex: I see. And you mentioned you have a part time job.

Can: Yes, that's right.

Ex: What kind of job do you do?

Can: I work in a cram school teaching maths and English to high school and middle school students.

Ex: Oh, that's interesting. Do you enjoy it?

Can: Generally, I do. Interestingly enough, I enjoy teaching English most, even though personally, I prefer maths.

Ex: So what do you enjoy about teaching English?

Can: Well, on the whole I like helping the students do their best to learn a new language. You know, in Taiwan, we all learn English from an early age, but usually we never get the chance to practice much, though. So teaching English is a good chance for me to practice and also to improve my own ability in English. Sometimes when I'm teaching I suddenly understand some area of grammar I didn't really get before, which is always a kind of bonus.

Ex: Yes, I believe it must be. And this is a part time job?

Can: Yes, well, three nights a week I'm teaching, but then I also have to prepare lessons and often have to help students with their essays, so I actually spend quite a lot of time on it. Too much time, really, considering it's supposed to be part time hahaha.

Ex: Wow, you sound very busy, and then also with all your studies on top of that, you must be quite good at managing your time.

Can: Well, I try haha.

Ex: And what about a hobby? Do you have a hobby?

Can: Well, surprisingly enough, I really like cooking.

Ex: Cooking!?

Can: Yes, I like to make dishes and invite my friends over to sample them.

Ex: I see. And what kind of dishes do you cook?

Can: Oh all kinds of things, Western or Asian, both are good. Pasta with tomato sauce is by far my best dish, though, and it's easily my most popular.

Ex: I see. Interesting hobby. What are the downsides of having a hobby like this?

Can: Mmm, well, I guess it is kind of expensive buying all the ingredients, especially when you have lots of friends that you want to invite and you have to cook for lots of people.

Part 2

Ex: Now we will begin part 2. For part 2 I'm going to give you a card with some questions on it. You will have one minute to read the questions and prepare your answers. You may take notes if you wish, there's pencil and paper for you. Once your preparation time is up, I will tell you and you can begin speaking. You will have two minutes to speak and I will let you know when that time is finished. Are you ready to begin?

Can: Yes, I am

Ex: Ok, then here is the card with the questions. You have one minute to prepare your notes.

[signal here]

Ex: Ok your one minute preparation time is up, please begin speaking now.

Can: I'm going to tell you about my grandfather. He is the person in my family I most admire. First of all, he is my grandfather on my father's side of the family. He is now 87 and he lives with his wife –my grandmother- on a farm in the south of Taiwan. On the farm they grow oranges. They have a huge farm of orange trees and they grow oranges there. They've lived there since the early 70s and when they started living there, there were only a few trees and the farm was not very successful. What's more everyone told him he could not grow oranges there because it was too hot. In spite of this he didn't listen and set out to create an orange farm. My grandfather is from Mainland China and he arrived in Taiwan in the late 1960s with nothing. At first he was very poor and worked hard in restaurants to earn some money. Then he saved enough money to buy the land in the south. After he moved to the south he met my grandmother, and they got married. They worked on the farm together and they had 6 children, one of them is my father. They worked very hard all their lives and did their best to give their kids the best start in life, and I think they succeeded really well. For instance, I have two aunts who are both doctors in the south. They were able to go to university and medical school to study medicine, all from the money that my grandfather made selling oranges! Now, my grandfather is very old and he can't grow oranges any more, but he is still quite active, enjoying his retirement. He does lots of things, like fishing, organizing activities at the local temple, and singing. He's 87, but even so, I think he still has a great voice. He loves to sing karaoke and I think...

Ex: Ok, and your time is up.

Part 3

Ex: Now we will continue with part 3. I'm going to ask you some questions related to the topic of part 2. Are you ready to continue?

Can: Yes I am.

Ex: Then let's talk about attitudes to families. I think the idea of family is quite different in Western culture and Chinese culture.

Can: I think that's right.

Ex: How would you describe the relationship between the generations in your culture?

Can: As far as I can make out, in Chinese culture, family is much more important, and the relationship between parents and children is very different, don't you think?

Ex: So in Chinese culture, what responsibilities do parents have towards their children?

Can: Well, the usual responsibilities such as making sure their children are looked after, that they are healthy, that they get a good education and that they grow up to be good citizens and so on.

Ex: But there's more to it than that isn't there? I think parents in Taiwan are also motivated by making sure their kids make them proud, which is not so important in Western culture.

Can: Oh that's interesting. What do you mean by that?

Ex: Yes, like, it's very important for their kids to do well in the tests, and tests play a much bigger part in the life of children here than they do in the West, for example.

Can: Yes, I agree completely. Parents put a lot of pressure on their kids to do well in tests. Their social status among their friends often depends on it.

Ex: So what responsibilities do children have towards their parents?

Can: Well, it never stops. You are responsible for your parents right from when you start earning your first salary. When you have finished your education, and you get your first job, many parents in Taiwan expect their children to start supporting them, so you have to give your parents a big part of your paycheck every month, even if your parents are both still quite young, and both still earning.

Ex: Well, that's very natural isn't it? I mean, to support your parents in their old age?

Can: I agree in principle, but to my way of thinking, it's ok to support your parents in their old age when they cannot look after themselves very well, but as I see it there's no need to help your parents financially during the middle part of their life when they are still earning.

Ex: I think in Chinese culture, parents look upon their children as part of their property.

Can: So you're saying that parents own their children?

Ex: Yes, I think that's the attitude.

Can: I agree up to a point, but I think there's still quite a bit of independence and choice, especially among the young generation, and in the urban population. I think it's more a case of mutual responsibilities. What about in the West? I mean, in Western culture you still have to take care of your parents right?

Ex: Yes.

Can: So where do you stand on this? Do you think that's ok?

Ex: Yes, I think it's important for social cohesion. So what about gender roles then? Should husbands and wives have different roles within the family?

Can: Do you mean in terms of bringing up the children, housework and so on?

Ex: Yes.

Can: I firmly believe that roles should be shared equally.

Ex: So you're against traditional gender roles?

Can: Yes. I think both parents are equally important for children's development, so they both should share. What's your view?

Ex: But what about if the husband has a very hard job and the wife doesn't or she has an easy job. I think the wife should do most of the housework in that situation.

Can: Well, that's not how I see it at all. I think it's very important that in the home everything is shared equally, no matter what happens outside the home, otherwise it's a bad model for the children.

Ex: But that's not fair if one member of the couple has to work more than the other.

Can: I'm afraid I disagree. Work is one thing, and home is another.

Ex: I see. So you see a clear separation between home life and outside the home.

Can: Yes, I think you're right.

Ex: In the West, people often think their friends are more important than their family, or at least as important. What do you think about this?

Can: I think it depends on how important that friend is to you, and how close your family member is. What's your position on this?

Ex: I think friends win every time.

Can: So basically what you're saying is that if you had to choose between a close friend and a family member, you would choose the friend?

Ex: Yes.

Can: You're absolutely right.

Ex: Ok. That's the end of part three, and that concludes the speaking section of the IELTS exam.

中譯

Part 1

主考官：你好，請進。是，請把門帶上。你可以坐那。你好嗎？

應試者：很好，謝謝。

主考官：在開始前，我可以核對一下你的個人詳細信息嗎？你有帶准考證嗎？

應試者：有，在這。我名叫周傑。

主考官：周傑。噢，是。幸會，傑。

應試者：我也是，幸會。

主考官：所以傑，聊聊你自己吧。你在做哪一行？你是學生嗎？還是在工作了？

應試者：實際上，我還是學生，但我也有兼職工作。它本來應該是兼職工作，但實際上卻耗費了相當多時間。

主考官：噢，明白，哈哈。唔，我們先從你的學業談起吧。你學的是什麼？

應試者：我學的是電腦科學和工程。我是三年級的學生，所以明年即將要畢業了。

主考官：明白。你為什麼選擇念這一科？

應試者：唔，我喜歡電腦，而且希望有朝一日在這個行業找工作，所以就選擇主修電腦科學。

主考官：那你的學業特別令你感興趣的部分是什麼？

應試者：唔，實際上，我是對數學十分感興趣，但我認為憑純數學的學位，找工作會相當困難。事實上，我比較感興趣的是它的數學面，而不是工程面。我原本是希望有機會設計演算法，我對演算法十分熱愛。但在大部分的時候，課程都是聚焦在程式語言和軟體設計上。這顯然很重要，但與我真正期待的並不相符。

主考官：明白。你提到你有兼職工作。

應試者：對，沒錯。

主考官：你做的是哪種工作？

應試者：我是在補習班任職，教國高中生的英數。

主考官：噢，那有意思。你做得開心嗎？

應試者：大致上是。挺有意思的是，我最開心的是教英文，即使我個人偏愛的是數學。

主考官：那教英文讓你開心的部分是什麼？

應試者：唔，總的來說，我喜歡幫助學生盡最大的努力去學習新語言。你知道，在台灣，我們全都是從小時候就在學英文，可是通常來說，我們卻從來都沒機會多做練習。所以教英文是個讓我練習的好機會，同時也可提升本身的英文能力。有時我在教的時候，會突然搞懂我以前沒有真正搞懂的某方面文法，這向來都是種額外的收穫。

主考官：對，我相信一定是。而且這是兼職工作？

應試者：對，唔，我一週教三個晚上，但接著我還必須準備課程，而且常常必須在作文上幫忙學生，所以我其實在上面花了相當多的時間。真的是太多時間了，要是考慮到它本來應該是兼職工作的話，哈哈哈。

主考官：哇，你聽起來非常忙，接著還要加上所有的學業，你一定相當善於管理時間。

應試者：唔，我盡量啦，哈哈。

主考官：那嗜好呢？你有嗜好嗎？

應試者：嗯，挺出乎意料的是，我十分喜歡料理。

主考官：料理？

應試者：對，我喜歡做菜並邀朋友過來品嘗。

主考官：明白。那你料理的是哪種菜？

應試者：噢，各種東西都有，西式或亞洲的都不錯。然而，番茄醬義大利麵肯定是我最拿手的菜色，而且它確實是我最受歡迎的一道。

主考官：明白。有意思的嗜好。有像這樣的嗜好，壞處是什麼？

應試者：嗯，唔，我猜是買所有的食材會有點貴，尤其是想請很多朋友時，就必須料理給很多人吃。

Part 2

主考官：現在我們要展開第二部分。在第二部分中，我會給你題卡，上面會有一些提問。你會有一分鐘來閱讀提問及準備回答。你要的話，有紙筆可以讓你做筆記。準備時間一到，我就會告訴你，你就可以開始說了。你有兩分鐘可以說，當時間結束時，我會通知你。你準備要開始了嗎？

應試者：是。

主考官：好，那這是提問卡。你有一分鐘可以準備筆記。

[signal here]

主考官：好，你的一分鐘準備時間到了，現在請開始說。

應試者：我要來跟你聊聊我的祖父。他是我最敬佩的親人。首先，他是我父系家族的祖父。他現年 87 歲，與妻子，也就是我祖母住在台灣南部的農場。他們在農場裡種柳橙。他們有座柳橙樹的大農場，並在那裡種柳橙。他們從 70 年代初就住在那裡，而且他們剛開始住在那裡時，樹只有幾棵，農場也不是非常成功。更有甚者，每個人都告訴他，他在那裡種不成柳橙，因為天氣太熱了。儘管如此，他卻不聽，並著手打造了柳橙農場。我祖父是來自中國大陸，在 1960 年代來到台灣時一無所有。起初他非常窮，並在餐館努力工作來賺一點錢。後來他存夠了錢，便在南部買地。他搬去南部後，遇到了我祖母並結了婚。他們在農場上一起工作，養了 6 個小孩，其中一個就是家父。他們一輩子都非常努力在工作，並盡了最大的努力來讓小孩在人生中有最好的起步，我認為他們真的很成功。舉例來說，我有兩位姑姑都在南部當醫生。她們能上大學和醫學院去讀醫科，全都是靠我祖父賣柳橙所賺的錢！現在我祖父非常老了，再也種不動柳橙了，但他還是相當活躍，享受著退休生活。他做的事有很多，像是釣魚、為當地的廟宇籌辦活動，以及唱歌。他 87 歲了，但即使如此，我認為他的音色還是很棒。他愛唱卡拉 OK，而且我認為⋯⋯

主考官：好，你的時間到了。

Part 3

主考官：現在我們要繼續第三部分。我會問你一些跟第二部分的話題有關的問題。你準備要繼續了嗎？

應試者：是。

主考官：接著我們來談談對家庭的態度。我認為西方文化和華人文化的家庭觀念相當不同。

應試者：我想那說得對。

主考官：你會如何描述所屬文化中的世代關係？

應試者：就我所能理解，在華人文化中，家庭是更為重要的，而且親子關係非常不同，你不認為嗎？

主考官：那在華人文化中，父母對子女負有什麼責任？

應試者：嗯，通常的責任諸如確保子女獲得照顧，使他們健康、受到良好的教育，以及成長為好公民等等。

主考官：可是不只是這樣吧，不是嗎？我認為台灣的父母還積極確保孩子要能光耀門楣，這在西方文化中則沒那麼重要。

應試者：噢，這有意思。你這麼說的意思是什麼？

主考官：對，就像是孩子把試考好非常重要，而且例如說在這裡，考試在子女的人生中所扮演的角色就比在西方要大得多。

應試者：是，我完全同意。父母會給小孩很大的壓力要把試考好。他們在朋友間的社會地位常是仰賴於此。

主考官：那子女對父母負有什麼責任？

應試者：唔，永無休止。打從一開始領到第一筆薪水，你就要對父母負起責任。當你受完教育和找到第一份工作時，有很多台灣父母就會期望子女開始撫養他們，所以你每個月都必須把一大部分的薪水交給父母，即使父母都還相當年輕，也都還在賺錢。

主考官：唔，那是非常自然的，不是嗎？我是指撫養年邁的父母？

應試者：我原則上同意，但就我的想法來說，當年邁的父母無法好好照顧自己時，撫養他們無妨，可是依我之見，在父母還在賺錢的人生中段，就不需要在金錢上幫助他們了。

主考官：我認為在華人文化中，父母是把子女視為自己資產的一部分。

應試者：所以你是說，子女是為父母所有嗎？

主考官：對，我認為態度就是如此。

應試者：我在某種程度上同意，但我認為還是有蠻大的獨立性和選擇性，尤其是在年輕一代和城市人口身上。我認為比較多的情況是互負責任。那西方呢？我是指在西方文化中，你們還是必須照顧父母，對嗎？

主考官：對。

應試者：那你在這點上是怎麼看？你認為這樣無妨嗎？

主考官：是，我認為它對社會凝聚很重要。這麼說來，那性別角色呢？夫妻在家裡該有不同的角色嗎？

應試者：你是指在養育子女、家務等等的方面嗎？

主考官：對。

應試者：我堅信角色應該要平均分擔。

主考官：所以你反對傳統的性別角色？

應試者：對。我認為父母雙方對孩子的發展是同等重要，所以都應該加以分擔。你的看法是什麼？

主考官：可是假如先生的工作非常辛苦，而太太並沒有或做的是輕鬆的工作呢？我認為在這種情況下，大部分的家務就應該由太太來做。

應試者：嗯，我一點都不是這樣看。我認為非常重要的是，無論在家外發生什麼事，家裡的每件事都要平均分擔，否則對子女就是不良示範。

主考官：可是假如夫妻有一人必須工作得比對方多，那就不公平了。

應試者：恐怕我並不同意。工作是一回事，家庭又是一回事。

主考官：明白。所以你認為，家庭生活和家庭之外要區分清楚。

應試者：對，我想你說得對。

主考官：西方人常認為朋友比家人重要，或者起碼是一樣重要。你對這點是怎麼想？

應試者：我認為要看朋友對你有多重要，以及親人間有多密切。你在這點上的立場為何？

主考官：我認為每次都是由朋友占上風。

應試者：所以基本上你是說，假如必須在密友和親人之間選擇，你會選朋友？

主考官：對。
應試者：你絕對是說對了。
主考官：好。第三部分到此為止，雅思測驗的口說階段就此結束。

Track 1.2 Unit 1, Task 2 / Example test 2

錄音內容

Part 1

Ex: Hello, welcome, please come in and sit down. Could you tell me your full name please?

Can: Yes, my name is Judy Mei Ling Lo.

Ex: Ok, and can I see your ID card, please?

Can: Here you are.

Ex: Ok, that's great. So your Chinese name is Mei Ling, is that right?

Can: Yes, that's right. Actually, the full Chinese name is Lo Mei Ling, because in Chinese, interestingly enough, we usually put the family name first, my family name is Lo.

Ex: I see, and your English name is Judy. Judy and Mei Ling are quite different aren't they? So can you tell me why you chose this English name?

Can: Well, in fact my English teacher in elementary school gave it to me. Usually, in Taiwan, all the students in English class are given an English name, I guess because it's easier for the teacher. Many people keep this English name for the rest of their life.

Ex: I see. And are you happy with your English name?

Can: Haha, well, it's ok I guess. Obviously, it's quite different from my Chinese name, so it doesn't really have any connection. But, you know, it's rather hard to change it now, because everyone knows me by this name.

Ex: Yes, it's hard to change your name after a certain age, isn't it. And if you could change your English name, what would you change it to?

Can: Mmm. I'm not sure. Probably something nearer the sound of Mei Ling. Maybe Mandy? Millie? But I'm really quite ok with Judy.

Ex: Haha, of course, it's a very nice name. So can you tell me something about your family? Where do your family live?

Can: Actually, they live in Tainan. Originally, I'm from Tainan, but I've lived in Taipei for a long time already.

Ex: I see.

Can: Yes, uhm, my father is a businessman and my mother is an elementary school teacher, and I have two older brothers who also live in Tainan, near my parents. I'm the only one who lives in Taipei.

Ex: Ok, I see, and what do your brothers do?

Can: My eldest brother has his own family already. He has his own company making and selling … uhm, I don't know how to say that in English, those things you have in your car so that you don't feel the bumps in the road?

Ex: Suspension?

Can: Yes, something like that. He has two little children. He's quite a lot older than me already. Most of the time, I don't see him, he's usually so busy, but sometimes I try to spend time with his kids, when I'm down in Tainan. Generally, I try to go there once a month, at least.

Ex: Uhuh.

Can: And my other brother he's in the army.

Ex: So what's special about Tainan?

Can: Oh on the whole it's lovely. I think it's by far the best place in Taiwan. There's lots of culture, lots of great places to eat, night markets and street food, and also some very expensive high class restaurants as well. I don't eat there, though, as they can be quite expensive.

Ex: I see.

Can: Surprisingly enough, people always say the food in Tainan is sweeter than anywhere else, I guess because they put a lot of sugar in the food. Tainan used to be a sugar growing area in Taiwan, so sugar cane is a big part of life there. Most of the time I think it's too sweet, which is strange, considering I should be used to it as I'm from there.

Part 2

Ex: Now we will begin part 2. For part 2 I'm going to give you a card with some questions on it. You will have one minute to read the questions and prepare your answers. You may take notes if you wish, there's pencil and paper for you. Once your preparation time is up, I will tell you and you can begin speaking. You will have two minutes to speak and I will let you know when that time is finished. Are you ready to begin?

Can: Yes, I am.

Ex: Ok, then here is the card with the questions. You have one minute to prepare your notes.

[signal here]

Ex: Ok your one minute preparation time is up, please begin speaking now.

Can: I'd like to tell you about a journey I made. To start with, the journey was the first time I went overseas as an independent traveler. As you know, in Taiwan, we don't often travel independently, we like to travel in a group with a tour guide, so travelling independently was a big deal for me. It was a few years ago, and I was on my way to Chiang Mai in Thailand to take some pictures of the Buddhist temples there for a project. To save money I decided to fly to Bangkok, and then get the train from Bangkok to Chiang Mai. At first the journey went well. I caught my flight no problem at the airport in Taipei and arrived in Bangkok safely. But when I arrived in Bangkok, there was a problem with my luggage, which didn't arrive. In addition I had to wait for six hours at the airport for my luggage to arrive on the next flight. I had very little money, and as well as this, the banks at the airport were closed, so I couldn't change any more money. After my luggage arrived, I had to get from Bangkok airport to the train station downtown. I found a bus at the airport which went there. There were lots of other travelers also going to the station, people from many other countries such as Brazil, England, Germany and there was also another Taiwanese traveler. On the train from Bangkok to Chiang Mai it was like a party atmosphere. To give you an idea, there were people playing guitars and singing, sharing food, telling stories and looking at each other's pictures, and sharing travel experiences. This was the most memorable thing about the journey, the people I met. I miss them often. However, I am still in touch with some of them and we often chat on facebook. I hope I can met them again in the future some day …

Ex: Ok, and your time is up.

Part 3

Ex: Now we will continue with part 3. I'm going to ask you some questions related to the topic of part 2. Are you ready to continue?

Can: Yes I am.

Ex: Then let's talk about travel in more general. You've travelled a lot so you should have some ideas about the benefits and drawbacks of travel. Do you think the growth of international tourism is a good thing?

Can: Yes, I do.

Ex: Why?

Can: To my mind, it's a huge benefit to everyone concerned that we can now go to so many different places in the world and experience other cultures.

Ex: What are the benefits?

Can: Well, they say, you know, travel broadens the mind, and I reckon it's true. When you see other cultures and experience the way other people live, when you can talk to them, you can see that your own way of looking at the world is not the only way. Where do you stand on this?

Ex: It challenges your assumptions about the world.

Can: Mmm. When you say assumptions what do you mean exactly?

Ex: The way you think about something.

Can: Yes, just as you said, it makes you see that your way of doing something might not be the only way.

Ex: And your way of thinking about something might not be the only way too.

Can: Absolutely. And I think that's very important.

Ex: But there are some people who argue that this kind of travel experience is very shallow.

Can: I'm afraid I have to disagree. I mean, what do you think? Do you think it's shallow?

Ex: I think it depends on what kind of travelling we are talking about.

Can: Yes, I agree completely. I mean there's a difference isn't there, between being a tourist for a few days in a nice hotel, and being a traveller and travelling around inside a country for one or two months.

Ex: So what's the difference between being a traveller and a tourist? Some people would say it's just about how long you stay.

Can: So basically what you're saying is if you stay shorter than two weeks, you're a tourist, and if it's longer then it's traveling?

Ex: Yes.

Can: Yes, but don't you think that it also has something to do with your attitude? I read somewhere that if you take your culture with you, you're a tourist, and if you leave your culture behind, you're a traveller. Can you tell me what you think?

Ex: I think it's very difficult to leave your own culture behind, actually. You might think you're doing that, but your own culture is something which is very deep and difficult to get over.

Can: So you're of the opinion that you can't leave your own culture behind?

Ex: Impossible I would say.

Can: I can see your point but surely, we can try, especially when we are travelling.

Ex: Right. So how should tourists behave when they visit another country?

Can: With respect. The worst kind of tourist is the one who makes no attempt to understand the country, just goes there for cheap drinking parties, eats the same kind of food they would eat back home, and generally behaves badly. I wish there was a way to stop those kind of tourists, actually, because they do a lot of damage, both to the country they are visiting and to the reputation of their own country. What's your view on this?

Ex: Yes, I kind of agree, but I think it would be very difficult to stop them.

Can: Indeed.

Ex: What do you think is the best way for tourists to travel if they want to learn about another culture?

Can: From my point of view, the most important thing is to try to learn some of the language and try to interact with the locals, try to talk to them and understand their life.

Ex: We should try to make friends with local people when we are abroad.

Can: You're absolutely right.

Ex: What about tourism in Taiwan. How has tourism changed the way people in Taiwan behave?

Can: Can you say a bit more about that? You mean tourists coming to Taiwan?

Ex: Yes.

Can: Well, there aren't that many, I think. I think most of them actually come from Mainland China. I think it's good because it helps to break down barriers between people on both sides of the Strait. We can understand them a bit more when they come here, and they can understand us, so I think it's a good thing.

Ex: Well, there are those who say it's a bad thing.

Can: That's not how I see it at all. It seems to me that more exchange through tourism can only be a good thing.

Ex: Ok. That's the end of part three, and that concludes the speaking section of the IELTS exam.

中譯

Part 1

主考官：你好，歡迎，請進來就座。可以告訴我你的全名嗎？

應試者：好，我名叫茱蒂，羅美玲。

主考官：好，可以麻煩給我看一下准考證嗎？

應試者：在這。

主考官：好，很棒。所以你的中文名字是美玲，沒錯吧？

應試者：對，沒錯。實際上，中文全名是羅美玲，因為在中文裡，挺有意思的是，我們通常先講姓，而我姓的是羅。

主考官：明白，而你的英文名字是茱蒂。茱蒂和美玲相當不同，不是嗎？所以你能不能聊聊，為什麼你會選這個英文名字？

應試者：嗯，事實上，我的英文名字是國小時的英文老師幫我取的。在台灣，英文課的學生通常都會取英文名字，我猜是因為它對老師來說比較容易。有很多人就把這個英文名字留用一輩子了。

主考官：明白。那你對自己的英文名字滿意嗎？

應試者：哈哈，唔，我猜還可以啦。它顯然跟我的中文名字相當不同，所以其實沒什麼關聯。可是你知道，現在要改挺難的，因為大家都知道我叫這個名字。

主考官：是，到某個年紀之後，名字要改就難了，不是嗎？那假如你能改英文名字，你會改成什麼？

應試者：姆，我不確定。大概會是發音跟美玲比較近的字。也許是曼蒂？米莉？但茱蒂其實還挺不錯的。

主考官：哈哈，當然，它是非常好的名字。那你能不能聊聊家人的事？你的家人住在哪？

應試者：實際上，他們住在台南。我原本是台南人，但我在台北已經住很久了。

主考官：明白。

應試者：對，姆，家父是生意人，家母是國小老師，我有兩個哥哥也住在台南父母家附近。我是唯一住台北的人。

主考官：好，明白，那你的哥哥們是從事哪一行？

應試者：我大哥已經成家了。他自己開公司，製造和販售……姆，我不曉得那用英語要怎麼說，就是那種車用的東西，好讓你不會感覺到路上的顛簸？

主考官：懸吊系統嗎？

應試者：對，類似那樣的東西。他有兩個小孩。他已經比我年長許多。在大部分的時候，我都不會看到他，他通常都忙得不得了，但有時我下台南時，就會盡量陪他的小孩。大致上，我都盡量一個月至少去一次。

主考官：嗯哼。

應試者：我另一個哥哥則是在服役。

主考官：那台南有什麼特別之處？

應試者：噢，總的來說，它很宜人。我認為它肯定是台灣最棒的地方。有很多文化，很多吃東西的好地方，夜市和街邊美食，另外也有一些非常貴的高級餐館。然而，我並不會去那裡吃，因為它可能會相當貴。

主考官：明白。

應試者：挺出乎意料的是，大家總說台南的食物比其他任何地方都要來得甜，我猜是因為他們在食物裡放了很多糖。台南以往是台灣種植糖的地區，所以甘蔗是當地生活的一大部分。在大部分的時候，我都認為它太甜了。要是考慮到我是那裡人，應該會很習慣才對，這就很怪了。

Part 2

主考官：現在我們要展開第二部分。在第二部分中，我會給你題卡，上面會有一些提問。你會有一分鐘來閱讀提問及準備回答。你要的話，有紙筆可以讓你做筆記。準備時間一到，我就會告訴你，你就可以開始說了。你有兩分鐘可以說，當時間結束時，我會通知你。你準備要開始了嗎？

應試者：是。

主考官：好，那這是提問卡。你有一分鐘可以準備筆記。

[signal here]

主考官：好，你的一分鐘準備時間到了，現在請開始說。

應試者：我想要跟你聊聊我所踏上過的一段旅程。首先，這趟旅行是我首次以自助旅行的方式前往海外。如你所知，在台灣，我們不常自助旅行，我們喜歡有導遊的跟團旅行，所以自助旅行對我來說是件大事。它是在幾年前，我跑去了泰國清邁，為一個企畫案拍一些當地佛寺的照片。為了省錢，我決定飛到曼谷，然後從曼谷坐火車到清邁。起初旅程很順利。我在台北的機場上飛機沒有問題，並安全抵達了曼谷。可是當我抵達曼谷時，卻遇上了問題，我的行李並沒有抵達。此外，我必須在機場等上 6 個小時，行李才會跟著下一班飛機抵達。我沒帶什麼錢，除此之外，機場的銀行也打烊了，所以我再也沒辦法多換錢了。我的行李抵達後，我必須從曼谷機場前往市區的火車站。我找到了去那裡的機場巴士。有很多別的旅客也要去車站，並且是來自其他很多國家的人，諸如巴西、英國、德國，還有另一位台灣旅客。在從曼谷到清邁的火車上，氣氛有如在開趴。為了讓你有個概念，有人在邊彈吉他邊唱歌、分享食物、說故事並互看照片，以及分享旅行的經驗。這是旅程中最令人難忘的事，那就是我所遇到的人。我常會想念他們。不過，我跟其中一些人仍有聯絡，並常在 FB 上聊天。希望將來有一天，我可以再遇見他們……

主考官：好，你的時間到了。

Part 3

主考官：現在我們要繼續第三部分。我會問你一些跟第二部分的話題有關的問題。你準備要繼續了嗎？

應試者：是的。

主考官：接著我們來更概括地談談旅行。你旅行過很多次，所以對於旅行的優缺點應該會有一些想法。你認為國際觀光業的成長是好事嗎？

應試者：是。

主考官：為什麼？

應試者：就我的想法來說，我們現在可以去全世界這麼多不同的地方並體驗其他的文化，這對每個相關人等來說都有很大的好處。

主考官：好處是什麼？

應試者：唔，他們說，你知道，旅行會增廣見聞，我覺得這是真的。當你看到其他的文化，體驗到其他人的生活方式，並能跟他們聊聊時，你就能看出自己看待世界的方式並非唯一的方式。你在這點上是怎麼看？

主考官：它會挑戰你對世界的假設。

應試者：呣。你所說的假設究竟是指什麼？

主考官：你對事情的思考方式。

應試者：對，就如同你所說，它會使你看到，自己做事的方式不見得是唯一的方式。

主考官：而你對事情的思考方式也不見得是唯一的方式。

應試者：絕對是。而且我認為這非常重要。

主考官：可是有些人主張，這種旅行經驗非常膚淺。

應試者：恐怕我非得不同意才行。我的意思是，你認為如何？你認為它膚淺嗎？

主考官：我認為要看我們談的是哪種旅行。

應試者：是，我完全同意。我的意思是，在不錯的飯店裡當幾天的觀光客跟在國內各地旅行一、兩個月的旅客有所差別，不是嗎？

主考官：所以旅客和觀光客的差別在哪？有的人會說，純粹是看待得多久。
應試者：所以基本上你是說，待不到兩星期就叫觀光客，超過的就叫旅行？
主考官：對。
應試者：對，可是你不認為它也跟態度有關嗎？我在某個地方讀過，把自己的文化帶著就叫觀光客，把自己的文化放下就叫旅客。你能不能聊聊，你認為如何？
主考官：實際上，我認為要把自身的文化放下非常難。你或許以為自己這麼做了，但自身的文化是非常深層與難以抛開的東西。
應試者：所以你的意見是，你沒辦法把自身的文化放下？
主考官：我會說是不可能。
應試者：我能明白你的論點，可是想必我們可以試試看，尤其是在旅行時。
主考官：說得對。那觀光客在造訪別個國家時，該如何行事才對？
應試者：抱持尊重。最糟糕的那種觀光客就是對該國家無意去了解，只是為了廉價的飲酒派對去那裡，所吃的食物跟回國後會吃的是同一種，而且一般行為表現很糟糕。但願有辦法遏止這種觀光客，說真的，因為他們會造成很大的損害，對所造訪的國家和本身國家的聲譽都是。你在這點上的看法為何？
主考官：對，我算是同意，但我認為要遏止他們會非常難。
應試者：的確是。
主考官：你認為觀光客若想要認識其他的文化，最好的旅行方式是什麼？
應試者：從我的觀點來看，最重要的事情是，要試著去學一些語言，並試著與當地居民互動，試著去跟他們交談，並了解他們的生活。
主考官：我們在海外時，應該要試著跟當地民眾交朋友。
應試者：你絕對是說對了。
主考官：台灣的觀光業呢？觀光業是如何改變了台灣民眾的行事之道？
應試者：你能不能針對這點多說一點？你是指來台灣的觀光客嗎？
主考官：是。
應試者：嗯，我想是沒有那麼多。我認為大部分實際上都是來自中國大陸。我認為是好事，因為它有助於打破海峽兩岸民眾的隔閡。他們來這裡時，我們可以多了解他們一點，他們也能了解我們，所以我認為是好事。
主考官：唔，有人卻說是壞事。
應試者：我一點都不是這樣看。在我看來，觀光業所促進的更多交流只可能是好事。
主考官：好。第三部分到此為止，雅思測驗的口說階段就此結束。

Track 2.1 Unit 2, Task 1

錄音內容

Conversation 1

Ex: Hello, please come in. Yes, please shut the door behind you. You can sit there. How are you?
Can: I'm well, thank you.
Ex: Before we get started can I just check your details. Do you have your ID card with you?
Can: Yes, here we are. My name is Jay Cho.

Ex: Jay Cho. Oh yes. Nice to meet you Jay.

Can: Nice to meet you too.

Ex: So Jay, tell me about yourself. What do you do? Are you a student? Or are you working?

Can: Actually, I'm a student, but I also have a part time job, it's supposed to be a part time job, but it actually takes up quite a lot of time.

Ex: Oh, I see hahah. Well, let's start with your studies first. What are you studying?

Can: I'm studying computer science and engineering. I'm a third year student, so graduation is coming up next year.

Ex: I see. Why did you choose to study this?

Can: Well, I like computers, and I'm hoping to get a job in the industry one day, so I chose to major in computer science.

Ex: So what especially interests you about your studies?

Can: Well, actually, I'm really interested in maths, but I think it's quite hard to get a job with a degree in pure maths. In fact I'm more interested in the maths side of it than the engineering side. Originally, I was hoping I would get the chance to design algorithms, I really love algorithms. But, most of the time the course focuses on programming language and software design. Obviously that's important, but not really what I was expecting.

Ex: I see. And you mentioned you have a part time job.

Can: Yes, that's right.

Ex: What kind of job do you do?

Can: I work in a cram school teaching maths and English to high school and middle school students.

Ex: Oh, that's interesting. Do you enjoy it?

Can: Generally, I do. Interestingly enough, I enjoy teaching English most, even though personally, I prefer maths.

Ex: So what do you enjoy about teaching English?

Can: Well, on the whole I like helping the students do their best to learn a new language. You know, in Taiwan, we all learn English from an early age, but usually we never get the chance to practice much, though. So teaching English is a good chance for me to practice and also to improve my own ability in English. Sometimes when I'm teaching I suddenly understand some area of grammar I didn't really get before, which is always a kind of bonus.

Ex: Yes, I believe it must be. And this is a part time job?

Can: Yes, well, three nights a week I'm teaching, but then I also have to prepare lessons and often have to help students with their essays, so I actually spend quite a lot of time on it. Too much time, really, considering it's supposed to be part time hahaha.

Ex: Wow, you sound very busy, and then also with all your studies on top of that, you must be quite good at managing your time.

Can: Well, I try haha.

Ex: And what about a hobby? Do you have a hobby?

Can: Well, surprisingly enough, I really like cooking.

Ex: Cooking!?

Can: Yes, I like to make dishes and invite my friends over to sample them.

Ex: I see. And what kind of dishes do you cook?

Can: Oh all kinds of things, Western or Asian, both are good. Pasta with tomato sauce is by far my best dish, though, and it's easily my most popular.

Ex: I see. Interesting hobby. What are the downsides of having a hobby like this?

Can: Mmm, well, I guess it is kind of expensive buying all the ingredients, especially when you have lots of friends that you want to invite and you have to cook for lots of people.

Conversation 2

Ex: Hello, welcome, please come in and sit down. Could you tell me your full name please?

Can: Yes, my name is Judy Mei Ling Lo.

Ex: Ok, and can I see your ID card, please?

Can: Here you are.

Ex: Ok, that's great. So your Chinese name is Mei Ling, is that right?

Can: Yes, that's right. Actually, the full Chinese name is Lo Mei Ling, because in Chinese, interestingly enough, we usually put the family name first, my family name is Lo.

Ex: I see, and your English name is Judy. Judy and Mei Ling are quite different aren't they? So can you tell me why you chose this English name?

Can: Well, in fact my English teacher in elementary school gave it to me. Usually, in Taiwan, all the students in English class are given an English name, I guess because it's easier for the teacher. Many people keep this English name for the rest of their life.

Ex: I see. And are you happy with your English name?

Can: Haha, well, it's ok I guess. Obviously, it's quite different from my Chinese name, so it doesn't really have any connection. But, you know, it's rather hard to change it now, because everyone knows me by this name.

Ex: Yes, it's hard to change your name after a certain age, isn't it. And if you could change your English name, what would you change it to?

Can: Mmm. I'm not sure. Probably something nearer the sound of Mei Ling. Maybe Mandy? Millie? But I'm really quite ok with Judy.

Ex: Haha, of course, it's a very nice name. So can you tell me something about your family? Where do your family live?

Can: Actually, they live in Tainan. Originally, I'm from Tainan, but I've lived in Taipei for a long time already.

Ex: I see.

Can: Yes, uhm, my father is a businessman and my mother is an elementary school teacher, and I have two older brothers who also live in Tainan, near my parents. I'm the only one who lives in Taipei.

Ex: Ok, I see, and what do your brothers do?

Can: My eldest brother has his own family already. He has his own company making and selling … uhm, I don't know how to say that in English, those things you have in your car so that you don't feel the bumps in the road?

Ex: Suspension?

Can: Yes, something like that. He has two little children. He's quite a lot older than me already. Most of the time, I don't see him, he's usually so busy, but sometimes I try to spend time with his kids, when I'm down in Tainan. Generally, I try to go there once a month, at least.

Ex: Uhuh.

Can: And my other brother he's in the army.

Ex: So what's special about Tainan?

Can: Oh on the whole it's lovely. I think it's by far the best place in Taiwan. There's lots of culture, lots of great places to eat, night markets and street food, and also some very expensive high class restaurants as well. I don't eat there, though, as they can be quite expensive.

Ex: I see.

Can: Surprisingly enough, people always say the food in Tainan is sweeter than anywhere else, I guess because they put a lot of sugar in the food. Tainan used to be a sugar growing area in Taiwan, so sugar cane is a big part of life there. Most of the time I think it's too sweet, which is strange, considering I should be used to it as I'm from there.

中譯

Conversation 1

〈參閱 P.100，Track 1.1 / Part 1〉

Conversation 2

〈參閱 P.106，Track 1.2 / Part 1〉

Track 2.2 Unit 2, Task 3

錄音內容＆中譯

- Are you planning to move abroad?
  你有打算移居海外嗎？
- Can I see your ID card please?
  可以麻煩看一下你的准考證嗎？
- Could you tell me your full name please?
  可以麻煩你把全名告訴我嗎？
- Do you have a career plan?
  你有生涯規畫嗎？
- Do you have a hobby?
  你有嗜好嗎？
- Do you have any brothers and sisters?
  你有任何兄弟姊妹嗎？
- Do you have any life goals that you want to achieve?
  你有任何想要達成的人生目標嗎？

- Do you see yourself staying in Taiwan?
  你自認會留在台灣嗎？
- Does your Chinese name mean anything?
  你的中文名字有什麼意涵嗎？
- Can you tell me about your hometown?
  能跟我聊聊你的家鄉嗎？
- What are the downsides of your hobby?
  你的嗜好有什麼壞處？
- What are you studying?
  你所學的是什麼？
- What do you like about your hobby?
  對於本身的嗜好，你喜歡的是哪方面？
- What do you like to do in your free time?
  你在閒暇時間喜歡做什麼？
- What do you want to be doing five years from now?
  你在往後的五年想要做什麼？
- What do you want to be doing ten years from now?
  你在往後的十年想要做什麼？
- What do your parents do?
  你的父母是從事哪一行？
- What kind of job do you do?
  你做的是哪種工作？
- What kind of neighborhood do you live in?
  你住在什麼樣的地區？
- What shall I call you?
  我要怎麼稱呼你？
- What's your study plan?
  你的學業計畫是什麼？
- Where do your family live?
  你的家人住在哪裡？
- Why are you interested in this?
  你為什麼會對這個感興趣？
- Why did you choose to study this?
  你為什麼會選擇學這個？
- Why did you chose this English name?
  你為什麼會選這個英文名字？

Track 2.3 Unit 2, Task 4

錄音內容&中譯

- Are you happy with your English name?
  你對自己的英文名字滿意嗎？
- If you could change your English name, what would you change it to?
  假如你能更改英文名字，你會改成什麼？
- Do you like living in your neighborhood?
  你喜歡住在你的街坊嗎？
- What special amenities are there in your neighborhood?
  你家附近有什麼特別的設施嗎？
- What especially interests you about your studies?
  你對本身的學業特別感興趣的部分是什麼？
- What do you especially like about your job?
  你對本身的工作特別喜歡的部分是什麼？
- Do you do any sports in your free time?
  你在閒暇時間會做什麼運動嗎？
- What do you do in the evenings?
  你在晚上會做什麼？
- What are your goals for this year?
  你今年的目標是什麼？
- Why are you taking IELTS?
  你為什麼會來考雅思？

Track 3.1 Unit 3, Task 1

錄音內容

Conversation 1

Ex: Hello, welcome, please come in and sit down. Could you tell me your full name please?

Can: Yes, my name is Judy Mei ling Lo.

Ex: Ok, and can I see your ID card, please?

Can: Here you are.

Ex: Ok, that's great. So your Chinese name is Mei Ling, is that right?

Can: Yes, that's right. The full Chinese name is Lo Mei Ling.

Ex: I see, and your English name is Judy. Judy and Mei Ling are quite different aren't they? So can you tell me why you chose this English name?

Can: My English teacher in elementary school gave it to me.

Ex: I see. And are you happy with your English name?

Can: Haha, well, it's ok I guess.

Ex: Yes, it's hard to change your name after a certain age, isn't it. And if you could change your English name, what would you change it to?

Can: Mmm. I'm not sure. Probably something nearer the sound of Mei Ling. Maybe Mandy? Millie? But Judy is quite ok.

Ex: Haha, of course, it's a very nice name. So can you tell me something about your family? Where do your family live?

Can: They live in Tainan.

Ex: I see.

Can: Yes, uhm, my father is a businessman and my mother is an elementary school teacher, and I have two older brothers who also live in Tainan, near my parents. I'm the only one who lives in Taipei.

Ex: Ok, I see, and what do your brothers do?

Can: My eldest brother has his own family already. He has his own company making and selling ... uhm, I don't know how to say that in English, those things you have in your car so that you don't feel the bumps in the road?

Ex: Suspension?

Can: Yes, something like that. He has two little children. He's quite a lot older than me already.

Ex: Uhuh.

Can: And my other brother he's in the army.

Ex: So what's special about Tainan?

Can: There's lots of culture, lots of great places to eat, night markets and street food, and also some very expensive high class restaurants as well.

Ex: I see.

Conversation 2

Ex: Hello, welcome, please come in and sit down. Could you tell me your full name please?

Can: Yes, my name is Judy Mei Ling Lo.

Ex: Ok, and can I see your ID card, please?

Can: Here you are.

Ex: Ok, that's great. So your Chinese name is Mei Ling, is that right?

Can: Yes, that's right. Actually, the full Chinese name is Lo Mei Ling, because in Chinese, interestingly enough, we usually put the family name first, my family name is Lo.

Ex: I see, and your English name is Judy. Judy and Mei Ling are quite different aren't they? So can you tell me why you chose this English name?

Can: Well, in fact my English teacher in elementary school gave it to me. Usually, in Taiwan, all the students in English class are given an English name, I guess because it's easier for the teacher. Many people keep this English name for the rest of their life.

Ex: I see. And are you happy with your English name?

Can: Haha, well, it's ok I guess. Obviously, it's quite different from my Chinese name, so it doesn't really have any connection. But, you know, it's rather hard to change it now, because everyone knows me by this name.

Ex: Yes, it's hard to change your name after a certain age, isn't it. And if you could change your English name, what would you change it to?

Can: Mmm. I'm not sure. Probably something nearer the sound of Mei Ling. Maybe Mandy? Millie? But I'm really quite ok with Judy.

Ex: Haha, of course, it's a very nice name. So can you tell me something about your family? Where do your family live?

Can: Actually, they live in Tainan. Originally, I'm from Tainan, but I've lived in Taipei for a long time already.

Ex: I see.

Can: Yes, uhm, my father is a businessman and my mother is an elementary school teacher, and I have two older brothers who also live in Tainan, near my parents. I'm the only one who lives in Taipei.

Ex: Ok, I see, and what do your brothers do?

Can: My eldest brother has his own family already. He has his own company making and selling … uhm, I don't know how to say that in English, those things you have in your car so that you don't feel the bumps in the road?

Ex: Suspension?

Can: Yes, something like that. He has two little children. He's quite a lot older than me already. Most of the time, I don't see him, he's usually so busy, but sometimes I try to spend time with his kids, when I'm down in Tainan. Generally, I try to go there once a month, at least.

Ex: Uhuh.

Can: And my other brother he's in the army.

Ex: So what's special about Tainan?

Can: Oh on the whole it's lovely. I think it's by far the best place in Taiwan. There's lots of culture, lots of great places to eat, night markets and street food, and also some very expensive high class restaurants as well. I don't eat there, though, as they can be quite expensive.

Ex: I see.

Can: Surprisingly enough, people always say the food in Tainan is sweeter than anywhere else, I guess because they put a lot of sugar in the food. Tainan used to be a sugar growing area in Taiwan, so sugar cane is a big part of life there. Most of the time I think it's too sweet, which is strange, considering I should be used to it as I'm from there …

中譯

Conversation 1

主考官：你好，歡迎，請進來就座。可以告訴我你的全名嗎？

應試者：好，我名叫茱蒂，羅美玲。

主考官：好，可以麻煩給我看一下准考證嗎？

應試者：在這。

主考官：好，很棒。所以你的中文名字是美玲，沒錯吧？

應試者：對，沒錯。中文全名是羅美玲。

主考官：明白，而你的英文名字是茱蒂。茱蒂和美玲相當不同，不是嗎？所以你能不能聊聊，為什麼你會選這個英文名字？

應試者：我的英文名字是國小時的英文老師幫我取的。

主考官：明白。那你對自己的英文名字滿意嗎？

應試者：哈哈，唔，我猜還可以啦。

主考官：是，到某個年紀之後，名字要改就難了，不是嗎？那假如你能改英文名字，你會改成什麼？
應試者：姆，我不確定。大概會是發音跟美玲比較近的字。也許是曼蒂？米莉？但茱蒂其實還挺不錯的。
主考官：哈哈，當然，它是非常好的名字。那你能不能聊聊家人的事？你的家人住在哪？
應試者：他們住在台南。
主考官：明白。
應試者：對，姆，家父是生意人，家母是國小老師，我有兩個哥哥也住在台南父母家附近。我是唯一住台北的人。
主考官：好，明白，你的哥哥們是從事哪一行？
應試者：我大哥已經成家了。他自己開公司，製造和販售……姆，我不曉得那用英語要怎麼說，就是那種車用的東西，好讓你不會感覺到路上的顛簸？
主考官：懸吊系統嗎？
應試者：對，類似那樣的東西。他有兩個小孩。他已經比我年長許多。
主考官：嗯哼。
應試者：我另一個哥哥則是在服役。
主考官：那台南有什麼特別之處？
應試者：有很多文化，很多吃東西的好地方，夜市和街邊美食，另外也有一些非常貴的高級餐館。
主考官：明白。

Conversation 2

〈參閱 P.106，Track 1.2 / Part 1〉

Track 3.2 Unit 3, Task 2

錄音內容＆中譯

- I live in Banqiao.
  我住在板橋。
- Actually, I live in Banqiao, which is a suburb of Taipei.
  實際上，我住在板橋，它是台北的郊區。

- I'm interested in medicine.
  我對醫學有興趣。
- I'm really interested in medicine, I guess because both my parents are doctors.
  我對醫學十分有興趣，我想是因為我爸媽都是醫生。

- My neighborhood is very quiet.
  我住的地區非常安靜。
- On the whole my neighborhood is pretty quiet, considering it's so densely populated.
  總的來說，我住的地區相當安靜，要是考慮到它的人口這麼稠密。

- I like to go youbiking.
  我喜歡騎微笑單車。
- On the whole, in my free time I like to go youbiking, only when the weather is good though. Actually, during the winter I can't do that very often.
  總的來說，我在閒暇時間喜歡騎微笑單車，不過只有在天氣好的時候。實際上，到了冬天，我就不能很常這麼做了。

Track 3.3 | Unit 3, Task 3 and 4

錄音內容＆中譯

- I'm interested in deep sea diving.
  我對深海潛水有興趣。
- I'm interested in deep sea diving.
  我對深海潛水有興趣。

Track 3.4 | Unit 3, Task 5

錄音內容＆中譯

- In fact, … 事實上
- … though. 卻是
- Well, … 唔
- I think v.p. … 我認為 v.p.
- Usually, … 通常
- … is by far the most … 肯定是最
- … is by far the best. 肯定是最／最好的
- … is easily the most … 確實是最
- … is easily the best … 確實是最好的
- I'm really … 我十分
- But … 但是
- Sometimes … 有時
- Generally, … 大致上
- Obviously, … 顯然
- Originally … 原本
- I guess because … 我猜是因為
- Most of the time … 在大部分的時候
- On the whole, … 總的來說
- Actually, … 實際上
- Interestingly enough, … 挺有意思的是

- Surprisingly enough, … 挺出乎意料的是
- … which is/are … 這就是
- … considering … 要是考慮到

Track 3.5 Unit 3, Task 6

錄音內容

Ex: Hello, welcome, please come in and sit down. Could you tell me your full name please?

Can: Yes, my name is Judy Mei Ling Lo.

Ex: Ok, and can I see your ID card, please?

Can: Here you are.

Ex: Ok, that's great. So your Chinese name is Mei Ling, is that right?

Can: Yes, that's right. Actually, the full Chinese name is Lo Mei Ling, because in Chinese, interestingly enough, we usually put the family name first, my family name is Lo.

Ex: I see, and your English name is Judy. Judy and Mei Ling are quite different aren't they? So can you tell me why you chose this English name?

Can: Well, in fact my English teacher in elementary school gave it to me. Usually, in Taiwan, all the students in English class are given an English name, I guess because it's easier for the teacher. Many people keep this English name for the rest of their life.

Ex: I see. And are you happy with your English name?

Can: Haha, well, it's ok I guess. Obviously, it's quite different from my Chinese name, so it doesn't really have any connection. But, you know, it's rather hard to change it now, because everyone knows me by this name.

Ex: Yes, it's hard to change your name after a certain age, isn't it. And if you could change your English name, what would you change it to?

Can: Mmm. I'm not sure. Probably something nearer the sound of Mei Ling. Maybe Mandy? Millie? But I'm really quite ok with Judy.

Ex: Haha, of course, it's a very nice name. So can you tell me something about your family? Where do your family live?

Can: Actually, they live in Tainan. Originally, I'm from Tainan, but I've lived in Taipei for a long time already.

Ex: I see.

Can: Yes, uhm, my father is a businessman and my mother is an elementary school teacher, and I have two older brothers who also live in Tainan, near my parents. I'm the only one who lives in Taipei.

Ex: Ok, I see, and what do your brothers do?

Can: My eldest brother has his own family already. He has his own company making and selling … uhm, I don't know how to say that in English, those things you have in your car so that you don't feel the bumps in the road?

Ex: Suspension?

Can: Yes, something like that. He has two little children. He's quite a lot older than me already. Most of the time, I don't see him, he's usually so busy, but sometimes I try to spend time with his kids, when I'm down in Tainan. Generally, I try to go there once a month, at least.

Ex: Uhuh.

Can: And my other brother he's in the army.

Ex: So what's special about Tainan?

Can: Oh on the whole it's lovely. I think it's by far the best place in Taiwan. There's lots of culture, lots of great places to eat, night markets and street food, and also some very expensive high class restaurants as well. I don't eat there, though, as they can be quite expensive.

Ex: I see.

Can: Surprisingly enough, people always say the food in Tainan is sweeter than anywhere else, I guess because they put a lot of sugar in the food. Tainan used to be a sugar growing area in Taiwan, so sugar cane is a big part of life there. Most of the time I think it's too sweet, which is strange, considering I should be used to it as I'm from there.

中譯

〈參閱 P.106，Track 1.2 / Part 1〉

Track 3.6 Unit 3, Task 7

錄音內容&中譯

- Do you like living in your neighborhood?
  你喜歡住在你的街坊嗎？
- If you could change your English name, what would you change it to?
  假如你能改英文名字，你會改成什麼？
- What do you especially like about your job?
  你對本身的工作特別喜歡的部分是什麼？
- What are your goals for this year?
  你今年的目標是什麼？
- Why are you taking IELTS?
  你為什麼會來考雅思？
- What special amenities are there in your neighborhood?
  你家附近有什麼特別的設施嗎？
- Do you do any sports in your free time?
  你在閒暇時間會做什麼運動嗎？
- Are you happy with your English name?
  你對自己的英文名字滿意嗎？
- What do you do in the evenings?
  你在晚上會做什麼？

• What especially interests you about your studies?
你對本身的學業特別感興趣的部分是什麼？

Track 5.1 Unit 5, Task 4

錄音內容

Talk 1

Ex: Ok your one minute preparation time is up, please begin speaking now.

Can: I'm going to tell you about my grandfather. He is the person in my family I most admire. First of all, he is my grandfather on my father's side of the family. He is now 87 and he lives with his wife –my grandmother- on a farm in the south of Taiwan. On the farm they grow oranges. They have a huge farm of orange trees and they grow oranges there. They've lived there since the early 70s and when they started living there, there were only a few trees and the farm was not very successful. What's more everyone told him he could not grow oranges there because it was too hot. In spite of this he didn't listen and set out to create an orange farm. My grandfather is from Mainland China and he arrived in Taiwan in the late 1960s with nothing. At first he was very poor and worked hard in restaurants to earn some money. Then he saved enough money to buy the land in the south. After he moved to the South he met my grandmother, and they got married. They worked on the farm together and they had 6 children, one of them is my father. They worked very hard all their lives and did their best to give their kids the best start in life, and I think they succeeded really well. For instance, I have two aunts who are both doctors in the south. They were able to go to university and medical school to study medicine, all from the money that my grandfather made selling oranges! Now, my grandfather is very old and he can't grow oranges any more, but he is still quite active, enjoying his retirement. He does lots of things, like fishing, organizing activities at the local temple, and singing. He's 87, but even so, I think he still has a great voice. He loves to sing karaoke and I think …

Ex: Ok, and your time is up.

Talk 2

Ex: Ok your one minute preparation time is up, please begin speaking now.

Can: I'd like to tell you about a journey I made. To start with, the journey was the first time I went overseas as an independent traveler. As you know, in Taiwan, we don't often travel independently, we like to travel in a group with a tour guide, so travelling independently was a big deal for me. It was a few years ago, and I was on my way to Chiang Mai in Thailand to take some pictures of the Buddhist temples there for a project. To save money I decided to fly to Bangkok, and then get the train from Bangkok to Chiang Mai. At first the journey went well. I caught my flight no problem at the airport in Taipei and arrived in Bangkok safely. But when I arrived in Bangkok, there was a problem with my luggage, which didn't arrive. In addition I had to wait for six hours at the airport for my luggage to arrive on the next flight. I had very little money, and as well as this, the banks at the airport were closed, so I couldn't change any more money. After my luggage arrived, I had to get from Bangkok airport to the train station downtown. I found a bus at the airport which went there. There were lots of other travelers also going to the station, people from many other countries such as Brazil, England, Germany and there was also another Taiwanese traveler. On the train from Bangkok to Chiang Mai it was like a party atmosphere. To give you an idea, there were people playing guitars and singing, sharing food, telling stories and looking at each other's pictures, and sharing travel experiences. This was the most memorable thing about the journey, the people I met. I miss them often. However, I am still in touch with some of them and we often chat on facebook. I hope I can met them again in the future some day …

Ex: Ok, and your time is up.

Talk 3

Ex: Ok your one minute preparation time is up, please begin speaking now.

Can: I'm going to tell you about my favourite magazine, which is Empire. First, Empire, as you may know, is a magazine about movies and the movie industry. I started reading it when I was very young. Of course back then my English was not so good, but I liked the magazine because it had great pictures in it, of the stars, for example, Brad Pitt and Angelina Jolie, and Leonardo Di Caprio. Besides that, it also has pictures from popular movies, and I enjoyed cutting them out and sticking them on my bedroom wall when I was a teenager. Gradually, as my English improved, not only were the pictures interesting, but also the articles became more interesting to me, as I discovered I could read them quite well. In fact, I took out a monthly subscription and the magazine is delivered to my house in the mail once a month. I like it because in addition to the great pictures, the articles are very interesting to read. To give you an idea, in the last issue there was an interview with the director Christopher Nolan about his latest movie, and also an interview with the star. Another thing I like about it is the great reviews of movies that are coming soon. I can get all excited about which movies are coming. As well as interviews and reviews of Hollywood movies, it also has articles about foreign movies, and I also enjoy reading about movies from Europe, and also Asia, especially Korean movies, which are usually very good indeed. As you can see, I'm a movie fan, and I love reading about movies. I know my English has improved a lot due to my regular reading of this magazine. I know you can probably find all this stuff online. Even so, I prefer to have the magazine because I love receiving the parcel and opening it, it is very exciting …

Ex: Ok, and your time is up.

中譯

Talk 1

〈參閱 P.101，Track 1.1 / Part 2〉

Talk 2

〈參閱 P.107，Track 1.2 / Part 2〉

Talk 3

主考官：好，你的一分鐘準備時間到了，現在請開始說。

應試者：我要來跟你聊聊我最愛看的雜誌《帝國》。首先，你或許知道，《帝國》是講電影和電影業的雜誌。我從非常年輕的時候就開始看了。當然，早在當時，我的英文還沒那麼好，但我喜歡那本雜誌是因為裡面的明星照片很棒，例如有布萊德．彼特和安潔莉納．裘麗，以及李奧納多．狄卡皮歐。此外，它還有當紅電影的照片，我還是青少年時，就喜歡把它剪下來貼在我的臥室牆壁上。漸漸地，隨著我的英文進步，對我來說，不僅是照片有意思，文章也變得更有意思，因為我發現自己還看得蠻懂的。事實上，我採取的是按月訂閱，雜誌是一個月郵寄一次到家裡。我喜歡它是因為，除了照片很棒，文章讀起來也非常有意思。為了讓你有個概念，上一期訪問了導演克里斯多夫．諾蘭，談的是他最新的電影，還有訪問明星。我喜歡它的另一個地方是，對即將上映的電影有很棒的影評。我可以對哪部電影即將上映感到興奮。除了訪問和好萊塢電影的影評之外，它還有談外國電影的文章，而我也很愛看歐洲還有亞洲電影，尤其是韓國電影，通常確實是非常好看。如你所見，我是電影迷，並且愛讀電影文。由於定期閱讀這本雜誌，我知道自己的英文進步了不少。我知道這些內容在網路上大概全都找得到。即便如此，我還是偏愛看雜誌，因為我喜愛收到包裹並把它打開，這令人非常興奮……

主考官：好，你的時間到了。

Track 6.1 Unit 6, Task 3

錄音內容&中譯

Beginning

- I'd like to tell you about　我想要跟你聊聊
- I'm going to tell you about　我要來跟你聊聊

Adding

- Also, …　另外
- And another thing,　再者
- And on top of that,　加上
- Another thing,　再者
- As well as this,　除此之外
- Besides that,　此外
- First of all　首先
- First,　第一
- … plus the fact that　另外還有
- In addition,　此外
- Not only that, but also　不僅如此，而且
- Then,　然後
- To begin,　首先

• To start with 首先來說
• What's more, 更有甚者

Illustrating

• A case in point is 明證是
• For example, 例如
• For instance, 舉例來說
• To give you an idea, look at 為了讓你有個概念，來看看
• To give you an idea, look at the way that 為了讓你有個概念，來看一下
• ... such as 諸如
• ... like 像是

Contrasting

• Although 雖然
• But then again 但話說回來
• Even so, 即使如此
• However, 不過
• In spite of n.p., I still think 儘管 n.p.，我還是認為
• On the one hand,... but on the other hand 一方面，……但另一方面
• One exception to this is 這點的一個例外是
• One exception to this was 這點的一個例外是

Track 6.2 Unit 6, Task 5

錄音內容

Ex: Ok your one minute preparation time is up, please begin speaking now.

Can: I'm going to tell you about an occasion when I had a meal. First, the occasion was my grandmother's 80th birthday party. The event was very special because my grandmother has family members living all over the world. For example, I have family members in Canada, in the US, in Mainland China and also some in Hong Kong. Everyone came together to celebrate my grandmother's birthday, and of course she was extremely happy to see everyone. In addition, the restaurant that we chose was started 30 years ago by my grandmother's best friend. This kind of restaurant features lots of seafood on the menu, and lots of regional dishes. To give you an idea, we had crab with red sauce, lobster, crayfish, a delicious fish soup, including some Chinese delicacies. As well as this we also had vegetables and rice, and everyone was drinking rice wine, and some of the old folks were drinking whiskey. What's more during the meal everyone was talking and laughing and sharing jokes and stories of the past. The meal was so enjoyable because it was lovely to see my old grandmother's face so smiling and happy to see everyone sharing a meal together. However, it was a little bit expensive and I had a very bad headache from the wine afterwards!

中譯

主考官：好，你的一分鐘準備時間到了，現在請開始說。

應試者：我要來跟你聊聊，我吃了一頓飯的場合。首先，該場合是我祖母的八十歲壽宴。這場盛會非常特別，因為祖母的親人旅居在世界各地。例如我有親人在加拿大、美國和中國大陸，還有一些是在香港。大家都一起來為我祖母慶生，而一看到大家，她當然是開心得不得了。此外，我們選的餐廳是祖母的摯友在 30 年前所開的。這種餐廳的特色是，菜單上有很多海鮮和很多地方菜色。為了讓你有個概念，我們吃了紅蟳、龍蝦、小龍蝦、美味的魚湯，還包括一些中式佳餚。除此之外，我們還吃了青菜跟飯，而且大家都有喝米酒，有些長者則是喝威士忌。更有甚者，在用餐期間，大家說說笑笑，分享著笑話和過去的故事。這一餐十分愉快，因為看到老祖母笑逐顏開令人快慰，而且很開心看到大家一起共進餐點。不過，它稍微有點貴，而且我後來喝到頭痛欲裂！

Track 6.3 Unit 6, Task 6

錄音內容

〈參閱 P.121，Track 5.1〉

中譯

Talk 1

〈參閱 P.101，Track 1.1 / Part 2〉

Talk 2

〈參閱 P.107，Track 1.2 / Part 2〉

Talk 3

〈參閱 P.123，Track 5.1 / Talk 3〉

Track 8.1 Unit 8, Task 3 and 4 and 7

錄音內容

Interview 1

Ex: Now we will continue with part 3. I'm going to ask you some questions related to the topic of part 2. Are you ready to continue?

Can: Yes I am.

Ex: Then let's talk about attitudes to food. Do people in your country prefer Western junk food or traditional snacks?

Can: I think it's a bit of both, actually. You know, MacDonald's and KFC are everywhere in the world, aren't they, and people in Taiwan certainly do love to eat that kind of food. But in Taiwan there is a strong tradition of street food, especially in the night markets. As far as I can make out, most people would prefer to eat traditional street food from the night market, because it's usually cheaper. What about you? In your country are there traditional snacks?

Ex: Well, not really, not like in Taiwan. It's more like KFC and McDonald's really is the traditional food.

Can: Indeed.

Ex: So which do you think is more healthy?

Can: Well, it's really hard to say. Western junk food is very unhealthy, of course, high in calories, and doesn't have much nutritional value, there's way too much sugar. But on the other hand, in my view, traditional night market food is often not very clean, and there have been problems in the past with the quality of the oil used. In the night markets too there is often nowhere for the street food vendors to wash their hands, so that's a bit of a problem.

Ex: I think the night markets should be more controlled by the city government, actually.

Can: When you say controlled, what do you mean?

Ex: Well, I think the stalls should be inspected regularly for how clean they are, and the ingredients should be checked.

Can: I agree completely, especially in terms of the safety standard of ingredients.

Ex: So what do you think a healthy diet consists of?

Can: There should be a balance, right? A little bit of protein, lots of fruit and veggies, and as little carbs as possible.

Ex: Sugar is the greatest danger. All the research shows that sugar is a kind of poison, really.

Can: You're absolutely right.

Ex: And I think MacDonald's and KFC should be banned completely. They do great destruction to the planet.

Can: I agree up to a point, but don't forget that they also provide employment to millions of people all over the world, so perhaps banning them would not be a good idea.

Ex: There should be stricter controls on selling those products to kids.

Can: I think you're right. They should not be allowed to open restaurants near schools, for example. What do you think?

Ex: Yes, and no advertising on TV during the times when kids are likely to be watching.

Can: Yes.

Ex: It's important to teach kids about healthy nutrition isn't it?

Can: And cooking too, don't you think?

Ex: Yes. So at what age do you think kids should be taught to cook? In high school, only?

Can: I think it should start in the first year of school.

Ex: I think it's too early. It could be unsafe.

Can: I'm afraid I disagree. To my mind I think they should be taught from a very early age about safety in the kitchen, and about simple food, like how to make toast, or boil an egg. And also about wasting food.

Ex: Yes, there is a lot of food wastage. I think children should be punished when they waste food.

Can: Well, that's not how I see it at all. I think education is better than punishment, for kids, I mean. But in the food industry itself there is massive wastage. What's your position on this?

Ex: Oh yes, far too much food is produced to begin with, and the supermarkets have to throw so much of it away when they can't sell it.

Can: I don't see why they can't give it away to the homeless.

Ex: No, they can't do that, because the people who paid for it would complain that other people are getting it for free. I think it's good that they destroy it.

Can: So you think that homeless people shouldn't get it for free?

Ex: That's right

Can: I'm afraid I don't see it like that.

Ex: Ok. That's the end of part three, and that concludes the speaking section of the IELTS exam ...

Interview 2

Ex: Now we will continue with part 3. I'm going to ask you some questions related to the topic of part 2. Are you ready to continue?

Can: Yes I am.

Ex: Then let's talk about attitudes to newspapers. Do you think the media should be allowed to publish stories about the private lives of rich or famous people?

Can: Well, yes and no. From my point of view I think it depends on who the person is and why they are rich and famous.

Ex: So if they are just celebrities?

Can: If they are just famous for being famous or for some trivial reason, I firmly believe they have as much right to their privacy as anyone else.

Ex: But if they are powerful, then it seems to me that anything they do should be allowed to be published.

Can: Yes, I think that's right. In my opinion, for example, if a politician is making laws about some kind of behavior, and then a journalists find out the politician is doing that kind of behavior himself, I think they should publish.

Ex: What about business leaders? They should have no privacy?

Can: Absolutely. I think it depends on what kind of job they have.

Ex: So actors and actresses should also have their private lives exposed to the public?

Can: Well, I'm not sure about that. An actor is very public already, so perhaps we don't need to know all the details about their private life. I mean, outside the movies, their lives are probably very boring? What do you reckon?

Ex: Well, I think, as you say, it depends on what the public good is.

Can: That means, what benefits the public most, is that right?

Ex: That's right.

Can: Yes, me too. Sometimes it's of no interest to the public what people do in their private lives, sometimes it's very important to us to know.

Ex: So do you believe in total press freedom?

Can: Do you mean a press that is not controlled by the government?

Ex: Yes, that's right.

Can: Yes, I do believe in that. It seems to me that a free society must absolutely have a free press, otherwise the government can become too powerful, and can lie to the people. What's your view?

Ex: Yes, I agree. A free press is absolutely essential. But I do think there should be some kind of governing body that makes sure that the media don't go too far in uncovering people's private lives.

Can: You're absolutely right.

Ex: For example nowadays, with all the fake news and stuff on Twitter, it's very easy to post a story that is fake but that might really hurt someone. So I think there needs to be some control.

Can: I agree in principle, but we must be careful that this doesn't become a form of censorship.

Ex: So, in terms of news, what do people enjoy reading in your country?

Can: Well, unfortunately, they do love a lot of celebrity gossip! There are even whole newspaper and magazines devoted entirely to just celebrity gossip, especially who is dating who, and who is shopping where and who is buying what.

Ex: That's very boring isn't it?

Can: Yes, possibly, but what about stories about good news? Sometimes those kind of uplifting stories are quite important. What about in your country?

Ex: Oh yes, very popular.

Can: Too popular, I think.

Ex: Let's talk about the difference between newspapers and TV. In what ways are newspapers better than TV for learning about the world? I think newspapers can go more in depth about things.

Can: I think you're right. They make you think more. The reporting needs to be better because it's a matter of public record.

Ex: TV shows are usually forgotten twenty minutes after they've finished, people never remember them.

Can: I can see your point but surely some TV interviews, for example, are very powerful and also a matter of public record.

Ex: Well, yes, that's true. Are newspapers and TV more important than the internet?

Can: Actually, I think the internet is more important. For my generation, we get most of our news from the internet, from Facebook, Twitter and other sources. Not many people of my age group like to read newspapers. Where do you stand on this?

Ex: Yes, I agree, I think newspapers are rapidly becoming outdated. Ok. That's the end of part three, and that concludes the speaking section of the IELTS exam …

中譯

Interview 1

主考官：現在我們要繼續第三部分。我會問你一些跟第二部分的話題有關的問題。你準備要繼續了嗎？

應試者：是。

主考官：接著我們來談談對食物的態度。你們國家的人偏好西方的垃圾食物還是傳統小吃？

應試者：實際上，我認為是兩者都有一點。你知道，世界上到處都有麥當勞和肯德基，不是嗎？台灣人肯定是很愛吃那種食物。可是在台灣，街邊美食有很深厚的傳統，尤其是在夜市。就我所能理解，大部分的人都偏好吃夜市的傳統街邊美食，因為它通常比較便宜。那你呢？貴國有傳統小吃嗎？

主考官：唔，不算有，不像在台灣。它比較像是，肯德基和麥當勞其實就是傳統美食。

應試者：的確是。

主考官：那你認為哪種比較健康？

應試者：嗯，其實很難說。西方的垃圾食物當然非常不健康，熱量高，又沒什麼營養價值，糖分真的太高了。可是另一方面，就我的看法而言，傳統的夜市美食經常不是非常乾淨，用油的品質過去就出過問題。在夜市裡，街邊美食的攤販也經常沒地方可以洗手，所以這就會有點問題。

主考官：實際上，我認為市府應該要對夜市加強控管。

應試者：你所說的控管是指什麼？

主考官：我認為應該要定期檢查攤位乾不乾淨，並且應該要檢驗食材。

應試者：我完全同意，尤其是在食材的安全標準方面。

主考官：那你認為健康的飲食包含了什麼？

應試者：應該要均衡，對吧？一點點蛋白質，很多水果和青菜，盡可能少吃碳水化合物。

主考官：糖分是最大的危險。所有的研究都顯示，糖分其實是一種毒。

應試者：你絕對是說對了。

主考官：而且我認為，麥當勞和肯德基應該要完全禁掉。他們對地球造成了很大的破壞。

應試者：我在某種程度上同意，但別忘了，他們也為世界各地的數百萬民眾提供了就業機會，所以把他們禁掉或許不是好主意。

主考官：對於把這些產品賣給小朋友，控管應該要更嚴格。

應試者：我想你說得對。例如不該允許他們把餐館開在學校附近。你認為如何？

主考官：對，而且在小朋友很可能會收看的時段，不准在電視上播廣告。

應試者：對。

主考官：把健康的營養觀教給小朋友很重要，不是嗎？

應試者：料理也是。你不認為嗎？

主考官：對。那你認為孩子應該在什麼年齡學習做料理？只有在高中嗎？

應試者：我認為應該從第一年上學就開始。

主考官：我認為太早了。可能會不安全。

應試者：恐怕我並不同意。就我的想法來說，我認為在非常早的年紀，就應該要教廚房的安全和簡單的食物，像是要怎麼做吐司或煮蛋。還有浪費食物的事。

主考官：對，食物浪費還挺多。我認為當孩子們浪費食物時，就應該加以處罰。

應試者：唔，我一點都不是這樣看。我認為教育比處罰要好，我是指對小朋友來說。可是食品業本身就浪費得很厲害。你在這點上的立場為何？

主考官：噢，對，一開始所生產的食物就多到過頭了，使得超市賣不完時就必須把一大堆都扔掉。

應試者：我不明白他們為什麼不能把它送給遊民。

主考官：他們可不能這麼做，因為花錢買的人會抱怨別人是免費拿到。我認為把它銷毀是好事。

應試者：所以你認為遊民不該免費拿？

主考官：沒錯。

應試者：恐怕我不是這樣來看。

主考官：好。第三部分到此為止，雅思測驗的口說階段就此結束⋯⋯

Interview 2

主考官：現在我們要繼續第三部分。我會問你一些跟第二部分的話題有關的問題。你準備要繼續了嗎？

應試者：是。

主考官：接著我們來談談對報紙的態度。你認為該不該容許媒體刊登有錢人或名人私生活的報導？

應試者：唔，該也不該。從我的觀點來看，我認為要看對象是誰，以及他為什麼有錢和有名。

主考官：所以假如他純粹是知名人士呢？

應試者：假如他純粹是因為有名或某個微不足道的原因而有名，那我堅信他就跟其他任何人一樣有十足的隱私權。

主考官：但假如他有權有勢，那在我看來，他所做的任何事都該容許刊登。

應試者：對，我想那說得對。例如就我的意見而言，假如政治人物針對某種行為立了法，後來記者發現政治人物自己做了那種行為，我認為他就該加以刊登。

主考官：那企業領導人呢？他們該沒有隱私嗎？

應試者：絕對是。我認為要看他做的是哪種工作。

主考官：那男女演員也該把私生活公諸於世嗎？

應試者：唔，我對這點就不確定了。演員已經非常公開了，所以對於他們的私生活，我們或許不需要知道所有的細節。我是指在電影以外，他們的生活八成非常無聊吧？你覺得如何？

主考官：唔，如你所說，我認為要看怎樣才符合公眾利益。

應試者：這是指怎樣才對公眾最有利，沒錯吧？

主考官：沒錯。

應試者：對，我也是。有時候人在私生活中所做的事無關公眾利益，有時候讓我們知道則非常重要。

主考官：那你相信完全的新聞自由嗎？

應試者：你是指輿論不受政府掌控嗎？

主考官：對，沒錯。

應試者：是，我衷心這麼相信。在我看來，一個自由的社會絕對必須有新聞自由，否則政府就可能變得太強勢，並可能對人民說謊。你的看法是什麼？

主考官：對，我同意。新聞自由是絕對必要的。但我由衷認為，應該要有某種政府單位來確保媒體在揭露民眾的私生活上不會太過頭。

應試者：你絕對是說對了。

主考官：例如時至今日，推特上滿是假的新聞和內容，要張貼假報導易如反掌，但這可能真的會傷到某人。所以我認為需要有一些管制。

應試者：我原則上同意，但我們必須小心使這不致於成為某種審查。

主考官：所以在新聞方面，你們國家的人喜歡看的是什麼？

應試者：唔，遺憾的是，他們真的愛看很多名人八卦！甚至有整份報紙和雜誌是完全在報純粹的名人八卦，尤其是誰在跟誰約會，誰去哪裡買東西和誰去買了什麼。

主考官：那非常無聊，不是嗎？

應試者：是，可能吧，但好消息的報導呢？那種振奮人心的報導有時候相當重要。那貴國呢？

主考官：噢，是，非常受歡迎。

應試者：我想是太受歡迎了。

主考官：我們來談談報紙和電視的差別。以認識世界來說，報紙在哪些方面會優於電視？我認為報紙可以把事情講得比較深入。

應試者：我想你說得對。它會讓你思考得比較多。它需要報得比較好，因為事關公共記錄。
主考官：電視節目通常播完二十分鐘後就忘了，民眾完全不會記得。
應試者：我能明白你的論點，可是想必有些例如說電視訪問是非常有威力的，也事關公共記錄。
主考官：唔，對，那倒是。報紙和電視會比網路重要嗎？
應試者：實際上，我認為網路比較重要。在我這一代，所看的新聞大部分都是來自網路、臉書、推特和其他來源。在我這個年齡層，喜歡看報紙的人並不多。你在這點上是怎麼看？
主考官：對，我同意，我認為報紙正迅速變得過時。好。第三部分到此為止，雅思測驗的口說階段就此結束……

Track 8.2 | Unit 8, Task 6

錄音內容&中譯

Asking for opinion

- Can you tell me what you think? 你能不能聊聊，你認為是如何？
- What do you reckon? 你覺得如何？
- What do you think? 你認為如何？
- What's your position on this? 你就這點所持的立場為何？
- What's your view? 你的看法是什麼？
- What about you? 那你呢？
- What about X? 那 X 呢？
- … don't you think? 你不認為嗎？
- Where do you stand on this? 你在這點上是怎麼看？

Giving an opinion

- As far as I can make out, … 就我所能理解
- As I see it, … 依我之見
- From my point of view, … 從我的角度來看
- I believe … 我相信
- I firmly believe … 我堅信
- I reckon … 我覺得
- I think … 我認為
- In my opinion, … 就我的意見而言
- In my view, … 就我的看法而言
- It seems to me that … 在我看來
- My own view is that … 我本身的看法是
- My position is that … 我的立場是
- My view is that … 我的看法是
- There's no doubt in my mind that … 在我心目中，無疑
- To my mind, … 就我的想法來說
- To my way of thinking, … 按照我的想法

Track 9.1 Unit 9, Task 2

錄音內容＆中譯

Agreeing

- Me too. 我也是。
- Absolutely. 絕對是。
- Indeed. 的確是。
- I agree completely. 我完全同意。
- I think that's right. 我認為這是對的。
- I think you're right. 我想你說得對。
- You're absolutely right. 你絕對是說對了。

Disagreeing

- Well, I'm not sure. 唔，我不確定。
- Well, that's not how I see it at all. 唔，我一點都不是這樣看的。
- Yes, but don't you think that …? 對，可是你不認為……嗎？
- Yes, possibly, but what about …? 對，有可能，可是……呢？
- I can see your point, but surely … 我能明白你的論點，可是想必……
- I agree in principle, but … 我原則上同意，但是……
- I agree up to a point, but … 我在某種程度上同意，但是……
- I disagree entirely. 我完全不同意。
- I really can't agree with you on that. 我在這點上真的無法同意你。
- I'm afraid I disagree. 恐怕我並不同意。
- I'm afraid I don't see it like that. 恐怕我不是這樣來看。
- I'm afraid I have to disagree. 恐怕我非得不同意才行。

Track 9.2 Unit 9, Task 3 and 6

錄音內容

Interview 1

Ex: Now we will continue with part 3. I'm going to ask you some questions related to the topic of part 2. Are you ready to continue?

Can: Yes I am.

Ex: Then let's talk about attitudes to families. I think the idea of family is quite different in Western culture and Chinese culture.

Can: I think that's right.

Ex: How would you describe the relationship between the generations in your culture?

Can: As far as I can make out, in Chinese culture, family is much more important, and the relationship between parents and children is very different, don't you think?

Ex: So in Chinese culture, what responsibilities do parents have towards their children?

Can: Well, the usual responsibilities such as making sure their children are looked after, that they are healthy, that they get a good education and that they grow up to be good citizens and so on.

Ex: But there's more to it than that isn't there? I think parents in Taiwan are also motivated by making sure their kids make them proud, which is not so important in Western culture.

Can: Oh that's interesting. What do you mean by that?

Ex: Yes, like, it's very important for their kids to do well in the tests, and tests play a much bigger part in the life of children here than they do in the West, for example.

Can: Yes, I agree completely. Parents put a lot of pressure on their kids to do well in tests. Their social status among their friends often depends on it.

Ex: So what responsibilities do children have towards their parents?

Can: Well, it never stops. You are responsible for your parents right from when you start earning your first salary. When you have finished your education, and you get your first job, many parents in Taiwan expect their children to start supporting them, so you have to give your parents a big part of your paycheck every month, even if your parents are both still quite young, and both still earning.

Ex: Well, that's very natural isn't it? I mean, to support your parents in their old age?

Can: I agree in principle, but to my way of thinking, it's ok to support your parents in their old age when they cannot look after themselves very well, but as I see it there's no need to help your parents financially during the middle part of their life when they are still earning.

Ex: I think in Chinese culture, parents look upon their children as part of their property.

Can: So you're saying that parents own their children?

Ex: Yes, I think that's the attitude.

Can: I agree up to a point, but I think there's still quite a bit of independence and choice, especially among the young generation, and in the urban population. I think it's more a case of mutual responsibilities. What about in the West? I mean, in Western culture you still have to take care of your parents right?

Ex: Yes.

Can: So where do you stand on this? Do you think that's ok?

Ex: Yes, I think it's important for social cohesion. So what about gender roles then? Should husbands and wives have different roles within the family?

Can: Do you mean in terms of bringing up the children, housework and so on?

Ex: Yes.

Can: I firmly believe that roles should be shared equally.

Ex: So you're against traditional gender roles?

Can: Yes. I think both parents are equally important for children's development, so they both should share. What's your view?

Ex: But what about if the husband has a very hard job and the wife doesn't or she has an easy job. I think the wife should do most of the housework in that situation.

Can: Well, that's not how I see it at all. I think it's very important that in the home everything is shared equally, no matter what happens outside the home, otherwise it's a bad model for the children.

Ex: But that's not fair if one member of the couple has to work more than the other.

Can: I'm afraid I disagree. Work is one thing, and home is another.

Ex: I see. So you see a clear separation between home life and outside the home.

Can: Yes, I think you're right.

Ex: In the West, people often think their friends are more important than their family, or at least as important. What do you think about this?

Can: I think it depends on how important that friend is to you, and how close your family member is. What's your position on this?

Ex: I think friends win every time.

Can: So basically what you're saying is that if you had to choose between a close friend and a family member, you would choose the friend?

Ex: Yes.

Can: You're absolutely right.

Ex: Ok. That's the end of part three, and that concludes the speaking section of the IELTS exam.

Interview 2

Ex: Now we will continue with part 3. I'm going to ask you some questions related to the topic of part 2. Are you ready to continue?

Can: Yes I am.

Ex: Then let's talk about travel in more general. You've travelled a lot so you should have some ideas about the benefits and drawbacks of travel. Do you think the growth of international tourism is a good thing?

Can: Yes, I do.

Ex: Why?

Can: To my mind, it's a huge benefit to everyone concerned that we can now go to so many different places in the world and experience other cultures.

Ex: What are the benefits?

Can: Well, they say, you know, travel broadens the mind, and I reckon it's true. When you see other cultures and experience the way other people live, when you can talk to them, you can see that your own way of looking at the world is not the only way. Where do you stand on this?

Ex: It challenges your assumptions about the world.

Can: Mmm. When you say assumptions what do you mean exactly?

Ex: The way you think about something.

Can: Yes, just as you said, it makes you see that your way of doing something might not be the only way.

Ex: And your way of thinking about something might not be the only way too.

Can: Absolutely. And I think that's very important.

Ex: But there are some people who argue that this kind of travel experience is very shallow.

Can: I'm afraid I have to disagree. I mean, what do you think? Do you think it's shallow?

Ex: I think it depends on what kind of travelling we are talking about.

Can: Yes, I agree completely. I mean there's a difference isn't there, between being a tourist for a few days in a nice hotel, and being a traveller and travelling around inside a country for one or two months.

Ex: So what's the difference between being a traveller and a tourist? Some people would say it's just about how long you stay.

Can: So basically what you're saying is if you stay shorter than two weeks, you're a tourist, and if it's longer then it's traveling?

Ex: Yes.

Can: Yes, but don't you think that it also has something to do with your attitude? I read somewhere that if you take your culture with you, you're a tourist, and if you leave your culture behind, you're a traveller. Can you tell me what you think?

Ex: I think it's very difficult to leave your own culture behind, actually. You might think you're doing that, but your own culture is something which is very deep and difficult to get over.

Can: So you're of the opinion that you can't leave your own culture behind?

Ex: Impossible I would say.

Can: I can see your point but surely, we can try, especially when we are travelling.

Ex: Right. So how should tourists behave when they visit another country?

Can: With respect. The worst kind of tourist is the one who makes no attempt to understand the country, just goes there for cheap drinking parties, eats the same kind of food they would eat back home, and generally behaves badly. I wish there was a way to stop those kind of tourists, actually, because they do a lot of damage, both to the country they are visiting and to the reputation of their own country. What's your view on this?

Ex: Yes, I kind of agree, but I think it would be very difficult to stop them.

Can: Indeed.

Ex: What do you think is the best way for tourists to travel if they want to learn about another culture?

Can: From my point of view, the most important thing is to try to learn some of the language and try to interact with the locals, try to talk to them and understand their life.

Ex: We should try to make friends with local people when we are abroad.

Can: You're absolutely right.

Ex: What about tourism in Taiwan. How has tourism changed the way people in Taiwan behave?

Can: Can you say a bit more about that? You mean tourists coming to Taiwan?

Ex: Yes.

Can: Well, there aren't that many, I think. I think most of them actually come from Mainland China. I think it's good because it helps to break down barriers between people on both sides of the Strait. We can understand them a bit more when they come here, and they can understand us, so I think it's a good thing.

Ex: Well, there are those who say it's a bad thing.

Can: That's not how I see it at all. It seems to me that more exchange through tourism can only be a good thing.

Ex: Ok. That's the end of part three, and that concludes the speaking section of the IELTS exam.

中譯

Interview 1

〈參閱 P.101，Track 1.1 / Part 3〉

Interview 2

〈參閱 P.108，Track 1.2 / Part 3〉

Track 9.3 Unit 9, Task 5

Asking for clarification

- Can you say a bit more about that? 你能不能針對這點多說一點？
- When you say XXX do you mean XXX? 你說的 XXX 是不是指 XXX ？
- When you say XXX what do you mean exactly? 你說的 XXX 究竟是指什麼？
- What do you mean by that? 你這麼說的意思是什麼？
- Do you mean …? 你指的是不是……？

Confirming

- So you're of the opinion that? 所以你的意見是？
- So you're saying that? 所以你是說？
- So basically what you're saying is …? 所以基本上，你是在說……？
- … is that right? 這樣有說對嗎？

NOTES

國家圖書館出版品預行編目(CIP)資料

IELTS 高點：雅思制霸 7.0$^+$ 說寫通 / Quentin Brand 作；
周群英, 戴至中譯. -- 初版. -- 臺北市：波斯納, 2019.04
面； 公分

ISBN: 978-986-96852-8-3（平裝附光碟片）

1. 國際英語語文測試系統 2. 考試指南

805.189 108004012

IELTS 高點：雅思制霸 7.0$^+$ 說寫通〈口說教戰篇〉

作　　者 / Quentin Brand
譯　　者 / 周群英、戴至中
執行編輯 / 朱曉瑩

出　　版 / 波斯納出版有限公司
地　　址 / 台北市 100 館前路 26 號 6 樓
電　　話 / (02) 2314-2525
傳　　真 / (02) 2312-3535
客服專線 / (02) 2314-3535
客服信箱 / btservice@betamedia.com.tw
郵撥帳號 / 19493777
帳戶名稱 / 波斯納出版有限公司

總 經 銷 / 時報文化出版企業股份有限公司
地　　址 / 桃園市龜山區萬壽路二段 351 號
電　　話 / (02) 2306-6842

出版日期 / 2019 年 4 月初版一刷
定　　價 / 580 元
I S B N / 978-986-96852-8-3

貝塔網址：www.betamedia.com.tw

喚醒你的英文語感！

對折後釘好，直接寄回即可！

廣 告 回 信
北區郵政管理局登記證
北台字第14256號
免 貼 郵 票

100 台北市中正區館前路26號6樓

收

寄件者住址 □□□

讀者服務專線（02）2314-3535　讀者服務傳真（02）2312-353
客戶服務信箱 btservice@betamedia.com.tw
www.betamedia.com.tw

謝謝您購買本書！！

貝塔語言擁有最優良之英文學習書籍，為提供您最佳的英語學習資訊，您可填妥此表後寄回（免貼郵票）將可不定期收到本公司最新發行書訊及活動訊息！

姓名：＿＿＿＿＿＿＿＿＿＿ 性別：□男 □女 生日：＿＿＿年＿＿＿月＿＿＿日

電話：(公)＿＿＿＿＿＿＿＿＿(宅)＿＿＿＿＿＿＿＿＿(手機)＿＿＿＿＿＿＿＿＿

電子信箱：＿＿＿＿＿＿＿＿＿＿＿＿＿＿＿＿＿＿＿＿

學歷：□高中職含以下 □專科 □大學 □研究所含以上

職業：□金融 □服務 □傳播 □製造 □資訊 □軍公教 □出版

□自由 □教育 □學生 □其他

職級：□企業負責人 □高階主管 □中階主管 □職員 □專業人士

1.您購買的書籍是？＿＿＿＿＿＿＿＿＿＿＿＿＿＿＿＿

2.您從何處得知本產品？(可複選)

□書店 □網路 □書展 □校園活動 □廣告信函 □他人推薦 □新聞報導 □其他

3.您覺得本產品價格：

□偏高 □合理 □偏低

4.請問目前您每週花了多少時間學英語？

□ 不到十分鐘 □ 十分鐘以上，但不到半小時 □ 半小時以上，但不到一小時

□ 一小時以上，但不到兩小時 □ 兩個小時以上 □ 不一定

5.通常在選擇語言學習書時，哪些因素是您會考慮的？

□ 封面 □ 內容、實用性 □ 品牌 □ 媒體、朋友推薦 □ 價格□ 其他＿＿＿＿＿

6.市面上您最需要的語言書種類為？

□ 聽力 □ 閱讀 □ 文法 □ 口說 □ 寫作 □ 其他＿＿＿＿＿＿

7.通常您會透過何種方式選購語言學習書籍？

□ 書店門市 □ 網路書店 □ 郵購 □ 直接找出版社 □ 學校或公司團購

□ 其他＿＿＿＿＿＿＿

8.給我們的建議：＿＿＿＿＿＿＿＿＿＿＿＿＿＿＿＿＿＿＿＿＿＿＿＿＿＿＿

＿＿＿＿＿＿＿＿＿＿＿＿＿＿＿＿＿＿＿＿＿＿＿＿＿＿＿＿＿＿＿＿＿＿＿

喚醒你的英文語感！

Get a Feel for English !